双葉文庫

はぐれ長屋の用心棒

怒り一閃

鳥羽亮

目次

この作品は双葉文庫のために書き下ろされました。

怒り一閃《いっせん》　はぐれ長屋の用心棒

第一章　剣術指南

一

……なかなかの男前だわい。

　華町源九郎《はなまちげんくろう》は、手鏡を覗いてニンマリした。

　鏡のなかに、無精髭と月代《さかやき》を剃ってすっきりした顔が映っていた。肌もいつもより色白で、艶《つや》もいい。顔が色白なのは、戸口の腰高障子が朝陽を映じて白く輝き、そのひかりに照らされているせいなのだが、いつもより男前に見える。

　今日から、源九郎は愛宕下《あたごした》にある陸奥国《むつのくに》、松浦藩《まつうらはん》七万石の上屋敷に剣術指南に行くことになっていた。剣術指南といっても源九郎が指南役ではなく、わけあって島田藤四郎《しまだとうしろう》という道場主に同行するだけである。

源九郎は鏡《きょう》新明《しんめい》智流《ちりゅう》の遣い手であった。少年のころから、桃井《もものい》春蔵《しゅんぞう》の鏡新明智流の道場に通い、二十歳を過ぎるころには、師匠も驚くほどに腕を上げた。二十五歳のとき、ゆえあって道場をやめたが、いまでも剣の腕は確かである。

源九郎は島田道場の門弟ではなかったが、師範代という名目で道場に顔を出して門弟と稽古をしたり、ときには道場破りを相手にするようなこともあった。

松浦藩での指南は初めてだったこともあり、いつもより早く起き、朝めしを済ませた後、無精髭と月代を剃ったのだ。

源九郎は還暦にちかい老齢で鬢《びん》や髷《まげ》には白髪が目立ち、顔には老人特有の肝斑《しみ》も浮いていたが、櫛で鬢をなでつけ、髭や月代を剃ると、いつもとちがって、ひきしまった顔に見える。

……さて、着替えもせねばならんな。

源九郎は、肩に継ぎ当てのある着古した小袖と羊羹色《ようかんいろ》のよれよれの袴姿だった。うらぶれた貧乏牢人そのものである。

源九郎は牢人の独り暮らしだった。本所相生町《あいおいちょう》にある伝兵衛店《でんべえだな》に住んでいる。

伝兵衛店は古い棟割り長屋で、界隈《かいわい》でははぐれ長屋と呼ばれていた。住人の多くが、貧乏牢人、その日暮らしの日傭《ひよう》取り、大道の物売り、その道から挫折した職人などのはぐれ者だったからである。源九郎も、はぐれ者のひとりだった。

源九郎は、五十石取りの御家人だったが、妻に先立たれ、倅の俊之介《しゅんのすけ》が嫁をもらって華町家を継いだのを機会に家を出て、長屋で気儘《きまま》な独り暮らしを始めたのである。華町家から多少の合力はあったが、それでは暮らしていけず、傘張りを生業《なりわい》にしていた。

源九郎は座敷の隅に置いてあった長持をあけ、畳んである羽織と袴を取り出した。こんなときのために用意してあったものである。

小袖につづいて袴を穿《は》いていると、戸口に近付いてくる足音がした。だれか来たらしい。

すぐに、戸口の腰高障子があき、菅井紋太夫《すがいもんだゆう》が顔をだした。

菅井もいつもとちがって、無精髭を剃っていた。髪も短く切っている。菅井は総髪で、肩まで垂らしていたのだが、鋏《はさみ》ですこし短く切ったようだ。それに、菅井は羽織袴姿で二刀を帯びていた。

「華町、支度をしてるな」

菅井が目を細めて言った。

菅井は五十がらみで、源九郎と同じようにはぐれ長屋で独り暮らしをしている牢人だった。生業は、居合抜きの大道芸である。両国広小路《ひろこうじ》で居合抜きを観せて銭をもらい、口を糊していたのだ。

菅井は痩身で、面長だった。顎がとがり、肉をえぐり取ったように頬がこけていた。おまけに、無精髭をはやし、いつも陰気な顔をしている。まるで、貧乏神か死神のようだった。その顔が、今日はほころんでいる。

菅井は貧相な風貌に反して田宮流《たみやりゅう》居合の達人だった。それで、道場主の島田に頼まれて源九郎といっしょに松浦藩に行くことになっていたのだ。

「おい、菅井、何を持っているのだ」

源九郎は、菅井が脇に抱えている物に目をとめて訊《き》いた。

「将棋だよ」

菅井が将棋盤と駒の入った小箱を両手で持ち直しながら言った。

菅井は無類の将棋好きだった。相手さえいれば、どこでも将棋を指したがる。ただ、腕はそれほどではなく下手の横好きというやつである。

「まさか、愛宕下まで持っていく気ではあるまいな」

源九郎が袴の紐を結びながら訊いた。

「持っていくつもりだが」

「おい、おれたちは、大名屋敷に剣術指南に行くのだぞ。将棋の駒など持っていってどうするのだ」

源九郎はあきれたような顔をした。

「剣術指南の後で、将棋の指南もするつもりだ。島田が言っていたろう。家臣のなかには、将棋好きがいて、一手指南を、ということになるかもしれんと」

菅井が当然のことのように言った。

「あれは、冗談だ」

島田が、源九郎と菅井に剣術指南のおりに同行してくれと頼んだとき、将棋のことが話題になり、藩邸の長屋で暮らしている家臣たちには暇があり、将棋や碁の好きな者もいるので一手指南をという話になるかもしれない、と口にしたのだ。菅井は、それを真にうけて、将棋の駒を用意したらしい。

「それにな、将棋好きの者なら盤や駒ぐらい持っているだろう。それとも、菅井は使い慣れた盤や駒でないと、手がにぶるということか」

「いや、そんなことはない。名手は、道具を選ばぬ」

菅井が胸を張って言った。

「ならば、置いていけ。愛宕下くんだりまで、持っていくことはない」

言いながら、源九郎は大小を腰に帯びた。刀を差すと気持ちがひきしまり、武士らしい気分になる。おまけに、今日は羽織袴姿である。

菅井は残念そうな顔をしたが、

「わざわざ持参することもないか。将棋好きなら、駒と盤は持っていようからな」

と言って、持参した駒と盤を上がり框《かまち》の脇に置いた。

そのとき、腰高障子の向こうで複数の足音が聞こえた。障子があいて顔を出したのは、島田と門弟の小山新三郎《おやましんざぶろう》だった。

小山は松浦藩の江戸勤番の藩士だった。藩邸ではなく町宿《ちょうしゅく》暮らしということもあって、島田道場に門弟として通っていた。今日は、島田にしたがって愛宕下の上屋敷まで同行することになっていたのだ。小山は島田道場に入門する前、一刀流中西派《いっとうりゅうなかにしは》の道場に通っており、なかなかの遣い手であった。

なお、町宿というのは、藩邸内に家臣が入りきらない場合、家臣の一部を町の借家などに居住させることである。

「おふたりとも、支度ができているようですね。そろそろまいりましょうか」

島田が笑みを浮かべて言った。物言いが丁寧である。

島田は道場主だったが、まだ二十三歳だった。色白で端整な顔をしている若侍である。道場主らしい貫禄も威厳もそなわっていない。その島田が、道場主になったのには、それなりのわけがあった。

島田は御家人の冷や飯食いで、源九郎や菅井と同じようにはぐれ長屋で牢人暮らしをしていたのだ。

そのようなおり、萩江《はぎえ》という武家の娘が島田を頼って長屋にやってきた。萩江は秋月房之助《あきづきふさのすけ》という一千石の大身の旗本の娘で、家督争いに巻き込まれ、まだ十一歳の元服を終えたばかりの従兄弟《いとこ》に無理やり娶《めあわ》せられることになり、幼馴染みの島田を頼って長屋に逃げてきたのだ。

その後、源九郎や菅井など長屋の者たちが力を合わせて島田と萩江を守り、父親の秋月の許しを得て、長屋で祝言を上げることができた。

ただし、父親の房之助は、萩江を島田に嫁がせるにあたり、

「娘を長屋暮らしの牢人に嫁がせるわけにはいかぬが、そこもとは剣の遣い手と聞いている。……そこで、剣術の道場主に嫁がせることにする」

と島田に言って、道場主になることを承知させたのだ。

むろん、道場を建てるにあたり、資金は秋月家で負担することも約束した。房之助にしてみれば、秋月家の面目もあったろうが、娘に武士の妻らしい暮らしをさせてやりたいという親心だったのである。

ただ、島田が剣の遣い手であることは、まちがいなかった。島田は少年のころから神道無念流《しんとうむねんりゅう》の土屋彦左衛門《つちやひこざえもん》の道場に通って修行したのだ。

神道無念流をひらいたのは、福井兵右衛門《ふくいへいえもん》で、その後、戸賀崎熊太郎《とがさきくまたろう》、岡田十松《じゅうまつ》、斎藤弥九郎《さいとうやくろう》などが出て、江戸に神道無念流をひろめた。なかでも、斎藤が九段にひらいた練兵館《れんぺいかん》は、千葉周作《ちばしゅうさく》の北辰《ほくしん》一刀流の玄武館《げんぶかん》、桃井春蔵の鏡新明智流の士学館《しがくかん》などと並び江戸の三大道場と謳《うた》われて隆盛をみた。土屋は斎藤の練兵館の高弟だった男で、独立して町道場をひらいていたのである。

そうしたことがあって、島田ははぐれ長屋のある本所相生町にちかい横網町《よこあみちょう》に「神道無念流島田道場」をひらいたのだ。

「よし、出かけよう」

源九郎たちは戸口から外に出た。

二

長屋の井戸端に、長屋の住人たちが源九郎たちが来るのを待っていた。太田安《おおたやす》之助《のすけ》と父親の左衛門《さえもん》の姿もあった。安之助はまだ十五歳だが、島田道場の門弟で、今日源九郎たちといっしょに愛宕下の藩邸まで行くことになっていた。安之助は指南ではなく、藩士たちといっしょに稽古するためである。安之助が志願し、島田の門弟のひとりとして行くことになったのだ。

太田は源九郎と同じように傘張りを生業にしている貧乏牢人で、安之助とふたり暮らしだった。太田は、何とか倅の安之助に武士らしい暮らしをさせてやりたいと願い、島田道場に入門させたのである。

その他に、元岡っ引きだった孫六《まごろく》、研師《とぎし》の茂次《しげじ》、砂絵描きの三太郎《さんたろう》、お熊《くま》、おとよ、おまつなどの女房連中、それに、磯次《いそじ》と猪吉《いきち》の姿もあった。磯次と猪吉は十五、六と若く、島田道場の門弟であった。ただ、ふたりとも町人ということもあり、ちかごろはあまり稽古に行ってないようである。

井戸端に集まった面々は、源九郎たちが大名屋敷に剣術指南に行くと聞いて、見送りに集まっていたのだ。

「なんてったって、お大名の剣術指南だからねえ。たいしたもんだよ」

お熊が、感心したように言った。

お熊は助造《すけぞう》という日傭取りの女房だった。源九郎の家の斜向《はす》かいに住んでいる。四十代半ばで、でっぷりと太り、洒落《しゃれ》っ気などまったくなく、ひろげた股の間から太腿が覗いていても気にもしないのだ。お節介焼きで口うるさい。ただ、心根はやさしく、独り暮らしの源九郎を気遣って、残りものの煮染や握りめしなどをとどけてくれたりする。長屋の女房連中にも信頼されていて、何かあるとお熊に相談にいく者が多いようだ。

「おい、大名の指南役ではないぞ。相手にするのは家臣だけだ。それに、おれたちは、お屋敷でいっしょに稽古をするだけだからな」

源九郎が慌てて言った。

「そんなことはねえ。お大名のお屋敷で剣術の指南をするだけでもてえしたもんだ」

孫六がそう言うと、

「華町の旦那も菅井の旦那も、あたしらと同じ長屋に住んでるんだからねえ。あたしらも鼻が高いよ」

そう言って、お熊が胸を張った。

「これからは、はぐれ長屋なんぞと呼ばせねえ」

と、孫六。

「それじゃァ、なんてえ長屋だい。剣術長屋かい」

茂次が訊いた。

「剣術長屋じゃァなくて、ご指南長屋はどうだい」

孫六は、島田が長屋を出て剣術道場をひらいたとき、剣術長屋と呼ぼうと言ったことがあったのだ。今度は指南長屋に変えたらしい。

「それでな、長屋の木戸に張り紙をしておくのよ」

さらに、孫六が言った。

「張り紙に、何て書いておくんだい」

お熊が、身を乗り出すようにして訊いた。

「決まってらァ。剣術指南、承ります、よ」

「そいつはいい。とっつァんのところへも、一手ご指南を、と言ってくるぜ」

笑いながら茂次が言った。

「何の指南だい」

お熊が訊いた。

「子作りの指南だよ」

茂次が茶化すように言うと、集まった連中からドッと笑い声が聞こえた。

「さて、出かけるか」

源九郎たちは井戸端から離れた。

長屋の連中の笑い声は収まり、あらたまった顔をして路地木戸に向かう源九郎たちを見送っている。


源九郎たちが愛宕下の松浦藩の上屋敷に着いたのは、九ツ（正午）を過ぎてからだった。藩邸での稽古は昼過ぎからということだったので、途中で昼食を済ませておいた。

上屋敷の櫓門《やぐらもん》は、両側に表長屋をそなえた豪壮な造りになっていた。その門前で、久保田甚助《くぼたじんすけ》、杉山小太郎《すぎやまこたろう》、富永豊三郎《とみながとよさぶろう》の三人が待っていた。

杉山と富永は松浦藩の家臣であり、島田道場の門弟でもあった。杉山は深川、清住町《きよすみちょう》の町宿に、富永は本所、石原町《いしはらちょう》に住んでいた。ふたりとも島田道場のある横網町に近かったこともあって、門弟として道場に通っていたのだ。今日は、島田たちが上屋敷に出向いて指南することになっていたので、早く来て待っていたのである。

久保田は、松浦藩の用人だった。松浦藩の場合、用人は江戸家老に次ぐ重職である。他藩の留守居役にあたり、幕府や他藩との外務交渉にあたる役職だった。島田道場の剣術指南は、久保田が道場に出向いてきて話を決めたのである。

「遠路、ごくろうでござった」

久保田は笑みを浮かべて源九郎たちを出迎え、表門の脇にある小門から敷地内に入った。

源九郎たちが通されたのは、玄関をはいってすぐ廊下の右手にあった書院である。接客用の座敷らしい。

書院に腰を下ろすと、茶菓が出され、源九郎たちが喉をうるおしたところに、江戸家老の一柳《いちやなぎ》惣右衛門《そうえもん》が姿を見せた。

それぞれ初見の挨拶が済むと、一柳が、

「剣術指南を望む者が多く、五、六十人ほどにもなるが、よろしいかな」

と、目を細めて島田に訊いた。

五十代半ばであろうか。鬢や髷に白髪が目立った。痩身で、すこし猫背である。面長で鼻梁《びりょう》が高く、細い目に能吏らしいひかりが宿っていた。

「承知いたしました。当方には、腕の立つ師範代がふたりおりますので、存分に稽古ができると存じます」

　島田の物言いは丁寧だった。相手が家老なので、気を遣っているのだろう。

「華町どのと菅井どのでござるな」

　一柳が、ふたりに目をむけた。

「それがし、見たとおりの老齢でござれば、指南どころか、稽古をつけられるのはこちらかもしれませぬ」

　源九郎は恐縮したような面持ちで言った。

　菅井は口をひき結んで黙り込んでいた。菅井は、こうした場でのやり取りが苦手なのである。

「ところで、わしも稽古を見させていただいてよろしいかな。生憎《あいにく》、殿は参勤で国許におられ、御覧いただくことができんのだ」

　一柳が言った。

　島田は頭を下げながら、どうぞ、御覧ください、と笑みを浮かべて言った。島田や源九郎たちは、藩主が江戸にいないことは知っていた。それに、久保田から一柳が観ることも耳にしていたのだ。

松浦藩主は、倉林伊勢守智親《くらばやしいせのかみともちか》だった。源九郎たちは、二十代半ばの若い藩主と聞いていた。

三

稽古場は、屋敷の広間と小姓衆の長屋との間にある中庭に作られていた。源九郎たちは稽古着に着替えると、松浦藩の門弟たちが用意した木刀と竹刀《しない》を手にし、杉山と富永の先導で中庭に足を運んだ。

稽古場になる中庭には幔幕《まんまく》が張られ、地面は掃き清められて砂がうすく撒《ま》かれていた。稽古場の両側には茣蓙《ござ》が敷かれ、稽古着姿の藩士が座して居並んでいた。すでに、防具を身に着けている者もいる。

その稽古場に面した広間に、一柳をはじめとする藩の重臣と思われる者たちが十人ほど端座し、稽古場に目をむけていた。久保田だけが稽古場の正面右手に立って、源九郎たちを待っている。

源九郎たちが稽古場に入って行くと、稽古場から聞こえていた私語がやみ、家臣たちの目がいっせいに源九郎たちにむけられた。

源九郎、島田、菅井の三人が稽古場を前にして立つと、久保田が、

「ここにお迎えしたのが、島田道場のお三方だ」

と切り出し、島田、源九郎、菅井の三人を紹介した。

家臣たちの顔に、驚きの色が浮いていた。なかには、隣に座した者と顔を見合わせて何やら言葉を交わす者もいた。驚いて当然である。島田は道場主としては若過ぎるし、源九郎は師範代としては歳を取り過ぎていた。くわえて、菅井は真っ当な武士らしからぬ総髪である。

すると、島田が一歩前に出て、

「わが道場は神道無念流を指南しておりますが、あまり流派に拘泥《こうでい》しておりませぬ。他流の良さもとり入れるつもりでおりますので、これまでみなさんが身につけた刀法を遣っていただいて、かまいません」

と、声高に言った。

島田はここに集まっている家臣たちが、様々な流派を身につけていると察し、それを否定せずに、指南しようと思ったのだ。頭から他流を否定すると反感を持たれるだろうし、島田たちの遣う剣に接した上で、この流派を学ぼうと思う気持ちが大事だと思ったからである。

「すでに、当道場でも他の流派の良さも取り入れて指南しているところでござる。たとえば、ここにいる菅井どのは田宮流居合の名手で、こちらにいる華町どのは、鏡新明智流の達人でござる」

と、島田が言い添えた。

稽古を始めれば、家臣たちはすぐに菅井が居合を遣うことに気付くし、源九郎の遣う剣は、島田の遣うそれとちがうのではないかとの疑念を持つはずだ。そのときのために、島田は予防線を張っておいたのである。

源九郎と菅井は何も言わず、ちいさく頭を下げただけである。

島田の話が終わると、小山が島田の脇に来て、

「では、これより稽古を始める！」

と、声高に言い放った。門弟の小山が稽古の指図をすることになっていたのだ。

小山の声で、稽古場に居並んだ家臣たちがいっせいに動き、座したまま防具を着け始める者と木刀を持って立ち上がる者とに分かれた。

防具を着けた者はすでに剣術の稽古を積んだ者たちで、何組かに分かれお互いに相手を見つけて地稽古《じげいこ》をすることになっていた。島田道場では、実戦さながら

に竹刀で打ち合う稽古を地稽古と呼んでいた。

一方、木刀を手にしたのは、初心者や稽古を始めて間のない者たちで、構えや足捌《あしさば》きから指南し、つづいて素振りや打ち込みなどをおこなうことになっていた。こうした稽古方法や集まった家臣たちの振り分けは、すでに小山、杉山、富永の三人の手でおこなわれていたのだ。

源九郎は地稽古を見て気がついたことを指南し、菅井は後方の初心者たちに構えや素振りなどを教えた。

島田は、正面の床几《しょうぎ》に腰を下ろし、道場の師範座所にいるときと同じように全体の稽古に目を配っていた。源九郎と菅井が、島田は道場主だから、初めはどっしりと構えていた方がいい、と助言し、島田もそのとおりにしたのだ。

家臣たちが、稽古を始めて間もなく、

……妙だな。

と、源九郎は感じた。

防具をつけている家臣たちの動きがおかしいのだ。地稽古を始めた者たちは、四十人ほどいたが、そのなかの半数ほどの者の動きが妙にぎこちなく、やる気がないようだった。稽古から逃げるように、稽古場の隅の方に立っていることが多い。それに、源九郎や地稽古にくわわっている小山たち三人から、意識して離れようとしているように見えた。まだ、稽古を始めて間もないので疲れているはずはない。

……何かあるな。

と、源九郎は思ったが、とりたてて小山たちに訊きもしなかった。多くの家臣たちのなかには、どこの馬の骨とも知れない源九郎たちから指南を受けることに不満を持つ者もいるだろうと思ったからである。

半刻（一時間）ほど稽古がつづいたとき、

「やめ！　稽古それまで」

と、小山が声を上げた。

その声で、地稽古をしている者たちは竹刀を引き、素振りや打ち込みの稽古をしている者たちも木刀を下ろした。そして、すぐに稽古場の両側に居並んで座した。

すると、久保田が前に進み出て、

「今日は、当屋敷での初めてのご指南ということもあり、模範試合を観せていただくことになっている」

と、声高に言った。

すでに、模範試合のことは、久保田と事前に打ち合わせたおりに島田との間で話がついていたのだ。

家臣の多くは、指南者である島田、源九郎、菅井の三人の腕のほどを知らなかった。それに、島田道場は江戸で名の知れた道場ではない。集まった家臣たちのなかには、得体の知れない指南者に反感をもつ者もいるだろう。

そこで、島田から、

「初日に、形稽古《かたげいこ》を観せるか、模範試合をしてもいい」

と、言い出したのである。

「それはありがたい。せっかくなので、模範試合を観せていただきたい」

久保田は、喜んで模範試合を依頼したのである。

まず、稽古場の正面に立ったのは、菅井だった。左手に真剣をひっ提げている。菅井は無言のまま、居並んだ家臣たちに視線をまわした。

「一番手は菅井どのだが、居合は模範試合というわけにはいかないので、抜刀と太刀捌きを観せてもらうことにする」

久保田が言い終えるとすぐ、

「お待ちください」

と、居並んだ家臣たちのなかから声が上がった。

立ち上がったのは、居並んだ家臣たちの隅に座した武士である。大柄で防具を着けていた。眉が濃く、眼光の鋭い剽悍《ひょうかん》そうな面構《つらがま》えの男である。

……どうやら、稽古を嫌っていたひとりのようだ。

と、源九郎は見てとった。

源九郎たちの指南を避けていたうちの十人ほどが、隅に座したのを目にしていたのだ。

四

「茂木《もてぎ》、何かな」

久保田が立ち上がった武士に訊いた。

後で分かったのだが、この武士の名は茂木彦九郎《ひこくろう》、徒《かち》組の組頭で、八十石を喰《は》んでいた。また、国許にいるとき、東軍流《とうぐんりゅう》を修行し、家中でも遣い手として名が知れているという。

東軍流は川崎鑰之助《かわさきかぎのすけ》がひろめた流派で、江戸で東軍流を修行する者はすくなかったが、松浦藩の家中には東軍流を身につけた者もすくなからずいたのである。

「居合は、立ち合いのできぬ刀術でございましょうか」

茂木が静かだが、強いひびきのある声で訊いた。

座していた家臣たちの目がいっせいに茂木と菅井に集まった。何も言わないが、菅井が何と答えるか待っているようだ。

「立ち合いもできる」

菅井が、ぼそりと言った。

「ならば、一手ご指南をたまわりたいが」

茂木は立ったまま、菅井を睨《にら》むように見すえている。挑発といっていい。居合は真剣でないと、威力を発揮できないのだ。茂木は、模範試合で真剣勝負はできないと分かっているのだろう。

「おぬしが、おれと立ち合うというのか」

「いかさま」

「かまわんが……。ただし、竹刀で打ち合うことはできんぞ。防具を着けて、竹刀を抜くのはむずかしいからな」

菅井がまじめな顔をして言うと、居並んだ家臣たちの間から失笑が洩《も》れた。菅井が防具を着け、竹刀を抜こうとしている光景が脳裏に浮かんだのかもしれない。稽古場をつつんでいた緊張が解け、私語が起こった。

「木刀でどうだ」

菅井がつづけて言った。

すると、稽古場で起こった私語と笑いが消えて静まり、ふたたび緊張につつまれた。菅井の双眸《そうぼう》がひかり、凄《すご》みが増していたからだ。

「木刀で、お願いいたす」

茂木が声を上げた。

すると、久保田が慌てて菅井に近寄り、

「菅井どの、木刀でも抜くことはできまい。……無理して、立ち合わずともよいのではないか」

と、困惑したような顔をして訊いた。木刀では、菅井に利がないとみたようだ。それに、木刀での立ち合いは、竹刀とちがって危険だった。頭を強打したり、喉を突いたりすれば真剣とかわらぬ殺傷力を生むのだ。

「いや、木刀でもやりようがある」

菅井が、低い声で言った。

菅井は、木刀で立ち合ったこともあったのである。

久保田と菅井がやり取りをしている間に、茂木は胴をはずし、木刀を手にして稽古場の隅に立っていた。どうあっても、菅井と立ち合うつもりらしい。

「どなたかに、検分役を頼みたいが」

菅井が、稽古場を見渡して言った。

すると、居並んだ家臣たちの背後にいた小柄な男が、

「それがしが、つかまつろう」

と言って、進み出てきた。

初老だったが、胸が厚く、どっしりした腰をしていた。歩み寄る姿にも隙がなかった。一見して、武芸の修行で体を鍛えたことが知れる。

「巻《まき》なら、適任であろう」

久保田が言った。

この男の名は、巻宗三郎《そうざぶろう》。やはり東軍流の遣い手だった。ただ、茂木に与《くみ》しているわけではなかった。いまは、剣術から離れていたし、役柄も武芸とは縁のない書役だった。それを知っていたので、久保田は巻に任せる気になったようだ。

菅井は茂木と相対すると、手にした木刀をゆっくりと腰に差した。居合の抜刀

の呼吸で木刀を抜くのである。

茂木の顔に驚きの色が浮いた。菅井が袴の紐に差した木刀を抜くつもりでいることに気付いたのである。だが、すぐに驚きの色は消えた。顔がけわしくなり、射るような双眸で菅井を見すえている。

菅井と茂木は正面の大広間に座した重臣たちに一礼した後、ふたたび相対した。

「勝負は一本、始め！」

と、巻が両者に声をかけた。

通常こうした試合は、三本勝負が多い。だが、巻は菅井が居合を遣うことと木刀での試合を考慮して一本勝負を宣したのである。

オオッ！

と声を上げ、茂木が青眼に構えた。

菅井は無言のまま右手で木刀の柄《つか》を握り、居合腰に沈めた。居合の抜刀体勢をとったのである。

菅井と茂木との間合は、およそ三間半。まだ、一足一刀の間合からは遠い。

ズッ、ズッ、と茂木が爪先で地面を摺《す》るようにして間合をつめ始めた。地面に撒かれた砂の上に太い筋がつき、すこしずつ伸びてくる。

……なかなかの遣い手だ。

と、菅井はみてとった。

茂木の全身に気勢が満ち、青眼に構えた剣尖《けんせん》がピタリと菅井の喉元につけられていた。その剣尖に、喉を突いてくるような威圧がある。

菅井は、動かなかった。気を鎮めて敵の動きを見つめている。菅井は抜きつけの初太刀で勝負を決するつもりだった。

居合は、敵との間積もりと抜刀の迅《はや》さが命である。抜きつけの一刀をかわされると、居合の威力は半減するのだ。

ジリジリと茂木が間合をつめてくる。全身から痺《しび》れるような剣気がはなたれ、斬撃《ざんげき》の気配が高まってきた。

稽古場はしわぶきひとつなく、静寂と緊張につつまれていた。居並んだ家臣たちは息を呑み、菅井と茂木に視線を集めている。

ふいに、茂木が寄り身をとめた。一足一刀の間境の一歩手前である。抜刀体勢をとったまま微動だにしない菅井に、このまま斬撃の間境に踏み込むのは危険だと感じとったのかもしれない。

タアリャッ！

突如、茂木が鋭い気合を発した。

気当《きあて》である。鋭い気合を発して敵を威嚇《いかく》すると同時に己の闘気を鼓舞するのである。

だが、菅井はすこしも動じなかった。そればかりか、茂木が気合を発した一瞬の隙をとらえた。

ツッ、と、菅井が前に出していた右足を半歩踏み出した。

この動きに、茂木がつられた。全身に斬撃の気がおこり、その体が膨れ上がったように見えた。

刹那《せつな》、菅井の全身に抜刀の気がはしった。

タアアッ！

裂帛《れっぱく》の気合と同時に、木刀を抜き上げた。居合の抜刀の体捌きである。

間髪をいれず、茂木も仕掛けた。

ふたりの木刀が唸《うな》りを上げた。

菅井が踏み込みざま逆袈裟《ぎゃくげさ》に木刀を抜き上げ、茂木が青眼から振り上げて真っ向へ打ち込んできた。

戞《かつ》、と乾いた音がひびいた。

次の瞬間、茂木の木刀が虚空に撥《は》ね飛んだ。菅井の抜きつけの一撃が迅く、茂木の打ち込みに膂力《りよりよく》がこもらないうちに強く撥ね上げたために、茂木の手から木刀が離れたのだ。

すかさず、菅井は木刀の先を茂木の喉元につけた。一瞬の太刀捌きである。

「それまで！」

巻が叫んだ。

「むむ……」

茂木が、カッと目を瞠《みひら》いたままつっ立った。驚愕《きようがく》と憤怒に体が顫《ふる》え、顔がこわばっている。

「勝負はこれまでだ」

巻が、強い口調で言うと、

「無念」

茂木がつぶやき、肩を落として身を引いた。

稽古場に居並んだ門弟たちから、どよめきがおこった。菅井の居合の精妙さに、驚嘆したようだ。緊張と静寂が破れ、驚きと感嘆の私語があちこちから聞こえた。大広間に座した重臣たちも、顔を見合わせて言葉を交わしている。

菅井は、何事もなかったかのように平然としていた。まず茂木に一礼し、さらに大広間にむかって頭を下げると、島田と源九郎のそばにもどった。

つづいて、源九郎が面、籠手《こて》、胴の防具を着け、竹刀を手にして稽古場に立ったが、家臣のなかに試合を望む者はいなかった。菅井の腕を見て、恐れをなしたようだ。

源九郎は、門弟の小山と立ち合った。当初から、源九郎は小山と模範試合をすることにしていたのだ。ふたりの腕の差は大きかったので、立ち合いというより稽古といった方がいいだろう。

模範試合は、菅井と源九郎のふたりで終わった。島田が出るまでもなかったのだ。その方が、島田にとっても都合がよかった。稽古場に集まった家臣たちの多くは、菅井と源九郎の腕のほどを見て、道場主である島田はさらに遣い手だと思ったはずである。

源九郎たちが指南を終えて書院にもどると、酒肴の膳が用意されていた。一柳と久保田、それに数人の重臣も顔を見せ、藩邸内での指南のことや江戸の剣壇などの話を肴《さかな》に酒を酌み交わした。

五

「菅井、今日は雨ではないぞ」

源九郎があきれたような顔をして言った。

朝から、菅井が将棋盤と飯櫃《めしびつ》を手にして源九郎の家へやってきたのだ。菅井は両国広小路で居合抜きを観せる大道芸を生業にしていたが、雨の日は観客が集まらないので稼ぎにならない。そこで、雨の日は広小路に行かず、将棋を指しに源九郎の家に姿を見せることが多かったのだ。

持参した飯櫃には、にぎり飯が入っているにちがいない。菅井は几帳面《きちょうめん》なところがあって、めしは、前日の夕餉《ゆうげ》のおりに朝めしの分まで炊いておくのだ。

「いや、懐が暖かいのでな。今日は、華町と存分に将棋を指そうかと思ってな」

菅井が照れたような顔をして言った。

「まァ、しばらく稼ぐこともないがな」

源九郎の懐も暖かかった。

松浦藩に剣術指南に行ったおり、礼金として島田に十両渡された。四両は島田が手にし、残り六両、源九郎と菅井の懐に三両ずつ入ったのだ。

松浦藩から、島田の剣術指南に対して五十石の扶持《ふち》が給されることになっていた。五十石はすくないが、藩の剣術指南役ではなく出稽古のような立場だったので、そうなったのである。

松浦藩にとって、五十石は捨て扶持のようなものだった。ただし、島田にとっては、五十石でもありがたかった。まだ道場をひらいたばかりで門弟がすくなく、束脩《そくしゅう》だけではやっていけなかった。それに、大名の指南役ということになれば、箔《はく》が付いて門弟たちも集まるはずである。

「その飯櫃には、何が入っているのだ」

源九郎は腹がへっていた。まだ、朝めし前だった。これから、めしを炊こうかと思っていたところである。

「握りめしだ。華町の分も用意したぞ」

菅井は飯櫃の蓋《ふた》をとって見せた。

握りめしが六つ、たくあんの入った小鉢まである。

「華町が、このまま帰れと言うなら、家に帰ってひとりで食うしかないがな」

菅井が源九郎を見ながら言った。

「待て、待て、せっかく来たのだ。上がってくれ」

「握りめしを食いながら、将棋だぞ」

菅井が細い目を瞠いて言った。

「分かっている」

源九郎は、握りめしにありつくためにも、ひと勝負せねばなるまい、と腹を決めた。

「よし、やるぞ」

菅井が飯櫃と将棋盤を手にして座敷に上がってきた。やる気満々である。

「茶を淹《い》れるなら、湯を沸かさねばならんが、どうする」

源九郎が訊いた。

「水でいい、水で。それより、ここに来て座れ」

菅井は将棋盤を前にし、胡座《あぐら》をかいている。

源九郎も将棋盤の前に座り、駒を並べながら握りめしを頬ばった。腹がすいてるせいもあったが、旨《うま》かった。

一局目は、小半刻（一時間）ほどで、簡単に終わった。勝ったのは、菅井だった。源九郎は、握りめしの手前、まず菅井に花を持たせてやったのである。

「華町、おまえ、剣術はなかなかの腕だが、将棋の修行は足りんな。……なんなら、おれが指南をつづけてやってもいいぞ」

菅井はご満悦だった。

「うむ……」

源九郎は、そっくり同じ言葉を返してやりたかったが、我慢して黙っていた。握りめしにつられて将棋を始め、しかも手を抜いて指したのである。己のさもしさを恥じて、反論できなかったのだ。

「さて、二局目だな」

源九郎は、今度は手加減せんぞ、と胸の内でつぶやき、駒を並べ始めた。

そのとき、戸口に近付いてくる足音が聞こえた。三人のようだ。足音は、腰高障子のむこうでとまった。

すぐに、腰高障子があき、三人の武士が顔を見せた。島田、小山、それに十七、八と思われる若い武士だった。小袖に袴姿で二刀を帯びている。源九郎は、若い武士に見覚えがなかった。島田道場の門弟ではないようだ。

「将棋ですか」

島田が笑みを浮かべて言った。

島田も将棋を指す。はぐれ長屋にいたころは、菅井に強要されて何度も相手をさせられたのだ。

「お若い方は？」

源九郎が体を戸口の方へむけて訊いた。

「松浦藩、徒組《かちぐみ》、佐々木喬之助《ささききょうのすけ》にございます」

若い武士が、緊張した面持ちで名乗った。顔が紅潮して赤らみ、目がかがやいている。

「実は、菅井どのに頼みがあって来たのです」

島田が言い添えた。

「おれに頼みだと」

菅井が、首をまわして佐々木に目をやった。怪訝《けげん》な顔をしている。菅井も、若侍に見覚えがないのだろう。

すると、佐々木が上がり框に両手を突き、深々と頭を下げて、

「菅井さま、それがしを弟子にしてください！」

と、訴えるような声で言った。

「な、なに、おれの弟子だと」

菅井が驚いたような顔をし、背筋を伸ばしたまま身を硬くした。指先で駒を挟

んだ手がとまっている。

「は、はい、菅井さまの弟子になりたいのです」

佐々木が顔を上げ、菅井を見つめて言った。その顔には、思いつめたような表情があった。

「何か思いちがいをしているのではないのか。……道場主は、そこにいる島田だぞ。おれは見たとおり、この長屋で牢人暮らしをしている身だ」

菅井が、戸惑うような顔をして言った。

「菅井どの、佐々木は、過日、愛宕下の藩邸で菅井どのが茂木どのと立ち合ったのを見て、その精妙さに驚嘆し、何としても居合を身につけたいと決意したらしい。それで、それがしに相談に来たのだ」

小山が言った。

佐々木の相談を受けた小山は、ともかく道場主の島田に事情を話し、指示をあおごうと考えて、今朝、島田道場に佐々木を同行してきたという。

「佐々木どのから話を聞き、そういうことなら、菅井どのにお願いするのが早いと思い、三人で長屋にお邪魔したのです」

島田が笑みを浮かべて言った。

「よせ、よせ、居合など身につけても何の役にもたたん。島田道場で神道無念流を修行した方がいい」

菅井は首を横に振りながら言うと、将棋盤に目を移し、駒を並べ始めた。

「お師匠！」

佐々木が、叫ぶような声で言った。

「何としても、居合を修行したいのです。お師匠、それがしを弟子にしてください」

佐々木はふたたび上がり框に両手を突き、畳に額をつけて訴えた。すでに、菅井をお師匠と呼んでいる。

「お、おい、頭を上げろ。……困るな。おれは、師匠などという柄ではない」

菅井が困惑して顔をゆがめた。顔が赭黒《あかぐろ》く染まっている。

「なにとぞ！　なにとぞ」

佐々木が、ふり絞るような声で言いつのった。

この様子を見ていた源九郎が、

「どうだな、しばらく島田道場に通い、菅井が道場に顔を見せたおりに居合を学ぶことにしたら」

と、助け船を出した。

「ですが、小山どのにお聞きしたところ、お師匠が道場にお見えになることはすくなく、居合の稽古はまったくなさらないそうです。それでは、いつ手解《てほど》きをしていただけるか、分かりません」

「うむ……」

佐々木の言うとおりだった。菅井は、道場破りでも来なければ、島田道場に顔を出すことはなかった。それに、菅井は島田道場で門弟たちに居合の指南をすることを嫌っていた。菅井にすれば、島田が神道無念流を指南している道場内で、居合の稽古はやりづらかったのである。

「だめだ、だめだ。いったい、どこで稽古をするつもりなのだ。島田道場で、居合の稽古はできないぞ」

菅井が突っ撥ねるように言った。

すると、佐々木が、

「場所はどこでもできます。それがし、藩の許しを得た上で、内弟子ということでお師匠のそばで暮らすつもりでおります」

「お、おれのそばだと！」

菅井が驚いたように首を伸ばし、声をつまらせて叫んだ。

「はい」

「長屋で暮らすつもりか」

「藩邸の長屋も、たいして変わりはありません。……お師匠のそばにいれば、いつでも居合の稽古ができます」

「藩で許すはずがないだろう」

菅井は膝をまわし、体を佐々木の方へむけた。さすがに、菅井も将棋を指す気にはなれないようだ。

「いえ、町宿ということで願い出れば、お許しいただけるはずです」

「徒組の任務はどうするのだ」

「お師匠の許で居合を身につけ、藩のお役に立ちたいと願い出れば、多少役目を免除してくれます」

佐々木によると、松浦藩の徒組の任務は藩主の身辺警固と江戸藩邸の警備が主だという。徒組の多くは藩主とともに国許に帰っているが、江戸に残った徒組の者は、藩邸の警備くらいしか任務はないそうだ。それで、多少の無理はきくのだという。

「うむ……」

　菅井が渋い顔をして視線を落とした。

「菅井どの、稽古のおりに道場を使ってもらってもかまいませんよ」

　島田が言った。

「菅井、どうだ、内弟子というのは大袈裟だから、お互いが稽古するということにして、手のすいたときに居合の手解きをしてやったら。……長屋に住むのは、佐々木どのの勝手だからな」

　源九郎が言い添えた。

　菅井はいっとき苦虫を嚙み潰したような顔をして視線を膝先に落としていたが、ふいに何か思いついたように顔を上げ、

「佐々木、おまえ、将棋をやるのか」

　と、訊いた。

「将棋ですか」

「そうだ」

「並べるくらいならできますが……。藩の長屋に将棋好きがおりまして、手解きを受けました」

「そうか。将棋を指すのか」

菅井の顔がほころんだ。

「居合と将棋は、何かかかわりがあるのでしょうか」

佐々木が訝《いぶか》しそうな顔をして訊いた。

「ある、おおいにある。居合も剣術もそうだが、刀をふりまわすだけではだめだ。合戦時に備え、兵法を身に付けねばならん。敵の陣営を見て兵を動かし、戦術をもって敵軍を打ち破る。それには、将棋で兵法を学ぶのが一番だ」

菅井が言いつのった。

「そうですか」

佐々木は戸惑うような顔をした。

「長屋に住むなら、将棋の手解きをしてやろう。むろん、居合もな」

菅井がニンマリして言った。

源九郎と島田はあきれたような顔をして菅井に目をやったが、ふたりは何も言わなかった。

六

佐々木がはぐれ長屋に越してきたのは、島田たちが長屋に来た六日後だった。この間、源九郎と菅井が大家の伝兵衛に掛合い、あいている部屋に住めるように話をつけたのである。幸いなことに、菅井の住む棟の斜向かいがあいていて、佐々木はそこに住むことになった。

菅井は佐々木が気に入ったようだった。佐々木が、お師匠、お師匠と言って、敬愛の念をもって接したこともあるが、親兄弟のいない菅井は、佐々木に対して歳の離れた弟のような親しみを持ったようだ。

当初、嫌っていた居合の指南も、朝夕欠かさず手解きをしているようだった。それに、佐々木に手解きするだけでなく、自分自身の稽古も始めたらしい。場所は長屋の裏手にある空き地を使い、雨天のときは島田道場を借りることもあるようだ。

むろん、菅井は佐々木に将棋の相手をさせた。佐々木も、将棋が嫌いではなく結構楽しんで指しているようだった。

そうしたことがあって、菅井が将棋盤を持って源九郎の家に姿を見せることがめっきりすくなくなった。

……あの男が、来ないと何となく寂しい。

と、源九郎は思った。それに、朝めしにありつけないことが、多くなったのだ。

その日、朝からシトシトと雨が降っていた。

源九郎は寝間着から小袖に着替えたが、やることがない。おまけに腹がへっていたが、火を焚《た》き付けてめしを炊く気にもなれなかった。こうなると、菅井が恋しくなる。かといって、用もないのに菅井の家へ顔を出すわけにもいかなかった。

……はて、どうしたものか。

源九郎が、お熊のところに顔を出し、めしが残っているか訊いてみようと思って立ち上がったとき、戸口に近付く下駄の音がした。

すぐに、腰高障子があいた。顔を出したのは茂次である。

「おや、旦那、菅井の旦那はどうしやした」

茂次が、薄暗い部屋のなかに視線をまわして訊いた。茂次も、雨が降れば菅井が将棋を指しに源九郎の家にやってくることを知っていたのだ。

茂次は研師だった。名のある研屋に弟子入りして修行したのだが、師匠と喧嘩して追い出され、いまは長屋や裏路地などをまわって、包丁、鋏、剃刀《かみそり》などを研いで、暮らしていた。茂次も雨が降ると仕事に出られないのだ。

「佐々木の指南でな。忙しいようだ」

ちかごろ、源九郎は佐々木と呼び捨てにしていた。菅井をならって、源九郎もそうしたのである。

「居合の指南ですかい」

茂次は佐々木が菅井に弟子入りし、居合の指南を受けていることを知っていた。

「指南にも、いろいろあるようだ」

源九郎は将棋とは言わなかったが、茂次が、

「将棋だな。そういャァ、菅井の旦那の家の前を通ったとき、パチ、パチと将棋を指す音が聞こえたような気がしやしたぜ」

と、声を大きくして言った。

「菅井のことだ。雨の日は、将棋しかないだろう」

「まったく、菅井の旦那は将棋に目がねえんだから。だれでも、つかまえて相手をさせるようだ」

茂次があきれたような顔をして言った。

「佐々木も、いい迷惑だな」

「菅井の旦那も、えらく佐々木の旦那が気にいってるようだ。……お梅《うめ》から聞いたんですがね。ちかごろ、菅井の旦那は佐々木の旦那を家に呼んでいっしょにめしも食ってるようですぜ」

お梅というのは、茂次の女房である。

「ところで、茂次、何の用だ」

将棋の見物に来たにしては、すこし早すぎる、と源九郎は思ったのだ。

「てえしたことじゃァねえんだが、旦那の耳に入れておこうと思いやしてね」

茂次が、急に声をひそめて言った。

「なんだ？」

「昨夜、清住町の大川端で侍が斬られたらしいんでさァ」

茂次によると、今朝、長屋の伸助《しんすけ》が大川端を通りかかって人だかりができているのを目にし、覗いて見たそうだ。

長屋にもどった伸助は茂次のところに顔を出し、大川端で侍が殺されていることを話したという。

伸助は手間賃稼ぎの大工だった。大工道具の鑿《のみ》や鉋《かんな》を茂次に研いでもらうことがあり、茂次とは親しかったのだ。

「それで、だれが殺されたのだ」

源九郎が訊いた。

「だれが殺《や》られたか、あっしには分からねえが、ちょいと気になりやしてね」

「何が気になったのだ」

「伸助の話じゃァ、人だかりのなかに富永の旦那がいたそうなんで」

「富永どのというと、島田道場の門弟か」

「へい、伸助も道場を覗いたことがありやして、富永の旦那のことは知ってたらしいんでさァ」

「行ってみるか」

源九郎は、だれが殺されたのか気になった。富永がいたとなると、松浦藩か島田道場にかかわりがある者ではあるまいか。

「茂次、頼みがある」

源九郎が声をあらためて言った。

「なんです?」

「朝めしが、まだでな。おまえのところに、めしは残っていないか」

源九郎は、腹になにかつめてから清住町へ行きたかった。

「まだ、朝めしを食ってねえんですかい」

茂次が驚いたような顔をして訊いた。

「いや、すこし寝過ぎてな。まだ、めしを炊いてないのだ」

菅井の握りめしを当てにしていたとは、言えなかった。

「めしは残っていたな。すぐに、お梅に握りめしを作らせやすぜ。……旦那、お梅の炊いためしはうめえから、食ってみてくだせえ」

茂次は目尻を下げて言うと、戸口から出ていった。

茂次がお梅と所帯を持ってだいぶ経つが、子供ができないせいもあってか、まだ新婚気分が抜けないようだ。

しばらく上がり框で待つと、茂次が飯櫃をかかえてもどってきた。なかに、握りめしがふたつ入っていた。

源九郎は流し場で湯飲みに水を汲み、喉をしめしながら握りめしを頬ばった。

「さて、出かけるか」

「旦那、菅井の旦那にはどうしやす。知らせやすか」

「将棋に夢中だろうが、話だけはしておこう」

源九郎は、菅井に話してから長屋を出ようと思った。

七

雨はだいぶ小降りになっていたが、源九郎、菅井、茂次、佐々木の四人は傘をさして長屋を出た。

長屋を出る前に、源九郎が菅井の家に立ち寄り、

「大川端で、武士が斬られているそうだが、行ってみるか」

と、声をかけた。

佐々木と将棋を指していた菅井は気乗りのしない顔をしたが、源九郎が、

「人だかりのなかに、富永どのがいたらしい」

と言うと、

「富永どのが、いたのですか」

佐々木が驚いたような顔をして腰を上げ、お師匠、行ってみましょう、と声を

強くして言った。

すると、菅井が、

「行ってみるか。将棋は、帰ってきてからだな」

と言って、重い腰を上げた。

そんなやり取りがあって、源九郎たち四人は長屋を出たのだ。

御舟蔵の脇まで来たとき、雨が上がった。空がだいぶ明るくなっている。晴れてくるようだ。源九郎たちはすぼめた傘を手にして歩いた。

新大橋のたもとを過ぎ、小名木川《おなぎがわ》にかかる万年橋《まんねんばし》をわたって間もなく、

「旦那、あそこのようですぜ」

と言って、茂次が前方を指差した。

川岸の斜面に人だかりができていた。通りすがりのぼてふり、風呂敷包みを背負った薬売りらしい男、船頭などが大勢集まっている。羽織袴姿の武士も数人いた。まだ、遠方なので、そのなかに富永がいるかどうか分からなかった。

「村上《むらかみ》の旦那がいやすぜ」

茂次が言った。

村上彦四郎《ひこしろう》は、南町奉行所の定廻り同心だった。源九郎たちは村上を知ってい

た。これまで源九郎たちがかかわった事件で、村上と何度か顔を合わせていたのだ。村上の探索に手を貸して、下手人をつきとめたこともある。

人だかりに近付くと、富永の姿が確認できた。富永だけでなく、小山もいっしょだった。ふたりの顔がこわばっている。斬られた男は、松浦藩にかかわりのある者かもしれない。

富永や小山の足元ちかくに死体が横たわっているようだったが、丈の高い雑草におおわれていて見えなかった。

「どいてくれ」

茂次が声をかけると、集まっていた野次馬たちが左右に身を引いて道をあけた。源九郎たち三人が武士だったので、恐れをなしたらしい。

人垣の前に出ると、富永が源九郎たちを目にして、

「杉山どのが……」

と、声を震わせて言った。そばにいる小山の顔も蒼ざめていた。

村上は、すこし離れた場所に立っていた。源九郎たちに顔をむけたが、何も言わなかった。村上の足元に刀が落ちていた。その刀を見ていたらしい。杉山の刀ではないだろうか。

村上は町方のかかわる事件ではないと踏んでいるのだろう。それで、離れた場所で様子をみているにちがいない。

杉山は叢《くさむら》のなかに仰臥《ぎょうが》していた。肩と首筋が血まみれである。杉山は顔を苦しげにゆがめ、目を瞠いたまま死んでいた。

……これは！

源九郎は杉山の首筋を見て驚いた。

肩から首根にかけて、深く斬られていた。ひらいた傷口から截断《せつだん》された鎖骨が覗き、首が横にかしいでいた。胸骨まで截断されているかもしれない。杉山は一太刀で仕留められたようだ。

下手人は剛剣の主にちがいない。膂力のこもった強い斬り込みでなかったら、ここまで深い傷は生じないだろう。

「何者の仕業であろう」

源九郎がつぶやくような声で言った。

「分かりませぬ」

富永によると、杉山は富永とふたりで昨日遅くまで島田道場で居残って稽古をし、夕方薄暗くなってから道場を出たそうだ。

富永は杉山と道場を出て間もなく分かれた。富永の町宿は、本所石原町にあったので、帰り道が逆方向だったのだ。

「おそらく、杉山は清住町の家に帰る途中、何者かにここで……」

富永が震えを帯びた声で言い添えた。

杉山の町宿は清住町にあり、道場からの帰りに大川端を通るのだ。

「辻斬りだろうか」

小山が言った。

「分からんが、わしはちがうような気がする」

ちかごろ、この辺りで辻斬りが出るという噂はなかった。それに、下手人は暗がりに身を隠していていきなり斬りつけたのではないらしい。杉山が抜き合わせるのを待ってから斬ったにちがいない。四、五間先の叢に飛んでいる刀は、杉山のものであろう。下手人は腕の立つ剣客とみていいようだ。

「それで、下手人の見当はつかないのか」

菅井が、富永と小山に顔をむけて訊いた。

「まったく、つきません」

小山が言うと、富永もうなずいた。

源九郎たちはいっとき杉山の死体に目をむけていたが、

「杉山どのをこのままにしておくことはできない」

と、小山が低い声で言った。

「とりあえず、島田道場に運ぶか」

源九郎は、松浦藩の屋敷に運ぶのが筋だと思ったが、松浦藩に連絡し引取りの者がこの場に来るまで死体を放置し、野次馬たちの目に晒《さら》しておきたくなかったのだ。

「そうしてもらえるとありがたいのですが」

小山が言った。

「すぐに、島田道場に運ばせよう」

源九郎は、茂次をはぐれ長屋に走らせることにした。長屋から死体を運ぶための戸板や筵《むしろ》などを持ってこさせるとともに、長屋の者たちの手を借りて死体を島田道場に運ぶのである。長屋の男たちに多少の駄賃を渡さねばならないが、島田道場の門弟と知れば、力を貸すはずである。

また、佐々木を島田道場に走らせ、杉山が何者かに斬殺されたことと道場に遺体を運ぶことを島田に伝えさせた。

一方、富永と小山は、愛宕下にむかった。ことの次第を藩邸に知らせるためである。

源九郎は、茂次と佐々木がその場から離れると、路傍に立っていた村上に歩を寄せた。武士は町奉行の支配外であったが、死体を運ぶ前に村上に話しておく必要があると思ったのだ。

「村上どの、お役目ごくろうでござる」

源九郎は丁寧な物言いで声をかけた。

「おぬし、斬られた男を知っているのか」

村上が訊いた。村上は、源九郎が富永たちと話しているのを見ていたのだろう。

「実は、島田道場の門弟なのだ。昨夜、道場からの帰りにここを通って何者かに斬られたらしい」

源九郎は、斬られた男が松浦藩士であることとやこの近くの町宿に住んでいることなどをかいつまんで話した。

「それで、下手人の目星は」

村上が訊いた。

「分からないが、辻斬りや追剝《おいは》ぎではないようだ。……剣客として、立ち合ったのかもしれん」

いまのところ、下手人の目星はまったくついていなかったが、村上にはそう言っておいた。すくなくとも、町方のかかわる事件ではない、と源九郎はみたのだ。

「町方の出る幕はねえようだ」

村上は伝法な物言いをした。地が出たといっていい。定廻り同心は、ならず者や無宿者などと接する機会が多く、乱暴な言葉遣いになりやすいのだ。

「それで、死骸《ほとけ》を引き取りたいのだがな」

「いいだろう」

村上は承知した。

そのとき、辺りに薄日が射した。上空の雲間から陽が射し、杉山の無残な死顔を照らし出していた。その死顔を見ながら、源九郎は、

……まだ、何か起きそうだ。

と、思った。杉山の死は、何か大きな事件が起きる予兆のような気がしたのだ。

第二章　お家騒動

一

中庭に張られた幔幕《まんまく》の間から、源九郎、菅井、島田の三人が稽古場に出てきた。今日は、松浦藩の藩邸で行われる二度目の剣術指南の日だった。

源九郎は稽古場の両側に居並んだ稽古着姿の藩士たちを見て、

……すくない。

と、思った。三十人ほどしかいなかった。初めての指南の日には、五、六十人ほどいたのだから、半数近くに減ったことになる。

稽古場には、閑散とした雰囲気があった。大広間の方を見ると、江戸家老の一柳の姿はあったが、重臣たちの姿はすくなかった。やはり、この前の半数ほどであろうか。

源九郎がうかぬ顔をしていると、用人の久保田が身を寄せて、

「初回は、物珍しさがあって大勢集まったが、今回はこれだけです。ただし、この場に集まっているのは真に稽古を望む者たちだけなので、熱の入った稽古ができるものと期待しています」

と、強いひびきのある声で言った。

「わしらにとっても、その方がありがたい」

源九郎が言うと、

「こちらは三人ですから、ちょうどよい人数です」

と、島田が言い添えた。

源九郎と島田は、正面の脇に敷いてある茣蓙《ござ》の上に座して防具を着けた。今日は、島田も藩士たちと地稽古《じげいこ》をするつもりできていた。

菅井だけは、稽古着姿のままである。この前と同じように初心者たちに、構え、足捌《あしさば》き、素振り、打ち込みなどを指南することになっていた。

「では、これより稽古を始める！」

小山が、声高に言い放った。

すぐに、源九郎と島田、それに腕の立つ藩士がふたり正面に立った。その四人の前に、防具を着けた藩士たちが竹刀《しない》を手にして並んだ。順に稽古をつけてもらうのである。

地稽古を始めてすぐ、源九郎は、

……稽古に熱が入っている。

と、感じた。この前のように、やる気がなく稽古から逃げようとしている者はひとりもいなかった。先を争うように源九郎と島田の前に並び、稽古を始めると全力で打ち込んでくるのだ。

今日は、源九郎たちの指南に反感を持っている者がいないようだ。人数がすくないのはそのせいかもしれない。

熱のこもった地稽古が一刻（二時間）ほどつづいた。

地稽古の後は、島田が富永と小山を相手に、神道無念流の構えと形を披露した。居並んだ藩士たちは、食い入るように見つめている。

島田たちが形の披露を終えると、

「今日の稽古は、これまで！」

と、小山が声を上げた。

その場に居残って稽古をする者が何人かいるようだったが、島田たち三人は書院にもどった。すでに、酒肴の膳が六人分用意されていた。

着替えを終えるとすぐに、一柳、久保田、それに、四十がらみの大柄な武士が書院に姿を見せた。

一柳たちは膳を前にして座すと、

「それがし、堂本寛右衛門《どうもとかんえもん》にござる」

と、大柄な武士が名乗った。浅黒い顔をした眼光の鋭い男である。

堂本は先手《さきて》組の物頭だという。殺された杉山は先手組で、堂本の配下だったそうだ。

先手組は合戦時の攻撃隊だが、平時は城や藩邸の守衛、見回りなどを行い、国許と江戸との連絡役でもあるという。

松浦藩には先手組の物頭が八人いて、そのうち江戸にふたりいた。堂本はそのひとりである。

堂本につづいて源九郎たちが名乗り終えると、

「まず、一献」

と言って、一柳が銚子を手にした。

いっとき、源九郎たちが喉を潤してから、

「殺された杉山のことでござるが」

と、堂本が切り出した。

やはり、堂本は杉山のことでこの席にくわわったようだ。源九郎たちは、黙したまま堂本に目をやっている。

「まだ、杉山を斬った者がつかめんのだが、そちらで何か分かりましたかな」

堂本が、低い声で訊《き》いた。

「まったく、見当もつきません」

島田が困ったような顔をして言った。

「辻斬りや追剝《おいは》ぎの手にかかったのでござろうか」

堂本が訊いた。

「そうではないとみてますが」

源九郎が、ちかごろ、大川端に辻斬りや追剝ぎが出る噂はなかったことを話した。

「やはり、あの者たちか……」

堂本がつぶやくような声で言った。

「何か心当たりでも」

島田が身を乗り出すようにして訊いた。

「はっきりしたことは分からないのだが、半月ほど前、ご家老の駕籠《かご》を襲った者たちがいるのだ」

堂本が、一柳に目をむけて言った。

一柳は憂慮の翳《かげ》を浮かべ、

「赤坂の中屋敷から帰りのおりにな」

と、小声で言い添えた。

一柳によると、松浦藩の中屋敷が赤坂にあるという。藩主、伊勢守の先代の幸《よし》恭《ゆき》が隠居して暮らしているそうだ。

一柳は幸恭が風邪をひいたと聞き、見舞いとご機嫌伺いをかねて赤坂に駕籠で出かけた。

中屋敷からの帰途、溜池《ためいけ》沿いの通りにさしかかったとき、突然、通り沿いの笹《ささ》藪《やぶ》の陰から四人の男が飛び出してきた。

四人とも武士体で、頭巾《ずきん》をかぶって顔を隠していた。白刃を八相に構え、一気に一柳の駕籠に迫ってくる。

そのとき駕籠の警固をしていたのは、八人の藩士だった。その他に中間《ちゅうげん》が数人いたが、悲鳴を上げて逃げ出し、何の役にもたたなかった。

警固の藩士のなかに、四人の先手組の者がいた。そのなかのひとりが、杉山である。

杉山たちは襲撃者たちを目にすると、すぐに刀を抜いた。そして、迎え撃つように前に出ると、駕籠に迫ってきた襲撃者たちに切っ先をむけた。他の警固の者たちは、駕籠のまわりをかためた。

襲撃者四人は、いずれも遣い手だった。まず、迎え撃った杉山たちのうち小杉《こすぎ》又次郎《またじろう》が斬られた。

「駕籠に近付けるな！」

杉山は必死で応戦した。

襲撃者四人のなかでも、大柄な男と中背で胸の厚い男が手練《てだれ》だった。小杉につづいて戸張房之助《とばりふさのすけ》が、絶叫を上げてのけ反った。

駕籠のまわりを固めていた四人も襲撃者に応戦したが、人数が多いものの杉山たちは攻められ、駕籠を守るのがむずかしくなってきた。

そのとき、十数人の供を連れた騎馬の武士が通りかかり、

「駕籠の主を守ってやれ！」

と、叫んだ。騎馬の武士は、襲撃者たちが頭巾をかぶっているのを見て曲者《くせもの》と思ったようだ。

供の武士が十人ほど、いっせいに刀を抜き、ばらばらと駕籠に走り寄ってきた。

これを見た襲撃者たちのなかの大柄な男が、

「引け！」

と声を上げ、その場から駆けだした。

他の三人も、大柄な武士の後を追って逃げた。

「通りかかったのは、芝山喜兵衛《しばやまよしべえ》どのともうされる大身の旗本で、赤坂にお屋敷のある方なのだ。……芝山どののお蔭で、わしは命拾いしたのだ」

一柳が、けわしい顔をして言った。

堂本によると、小杉は肩口を斬られて深手を負ったが命に別条はなかったそうだ。戸張は、何とか藩邸までたどり着いたが、その日のうちに落命したという。

「それで、襲った四人は何者か知れたのですか」

島田が訊いた。

「それが、分からんのだ。先手組の数人と徒目付《かちめつけ》の者たちが、探っているのだが、まだ目星もついていない」

　堂本が顔を曇らせて言った。

「辻斬りや追剝ぎの類ではないと思われるが」

　源九郎は、松浦藩にかかわりのある者たちではないかと思った。辻斬りや追剝ぎのような連中が、八人もの警固がついた駕籠を襲うとは考えられなかったのだ。

「だが、ふたりは牢人のようだ」

　堂本は、杉山や警固の者たちから襲った四人のことを訊いたという。それによると、なかでも腕の立つ大柄な男と中背の男は、着古した小袖によれよれの袴姿で、粗末な拵《こしら》えの大刀を一本だけ落とし差しにしていたそうだ。他のふたりも小袖に袴姿だったが、襷《たすき》で両袖を絞り、袴の股だちを取って二刀を帯びていた。闘いの支度をした軽格の武士のように見えたという。

「うむ……」

　源九郎には、四人が何者か見当もつかなかった。

「推測に過ぎんが、杉山はご家老の駕籠を襲った四人のうちのだれかに襲われたような気がするのだ」

堂本が小声で言った。

源九郎は黙っていた。何とも言いようがなかったのである。菅井と島田も顔を曇らせて黙考していた。

二

佐々木の腰が沈んだ次の瞬間、キラッ、と刀身が陽を反射《はね》てひかった。

居合腰から、抜刀したのだ。

……迅《はや》いではないか。

源九郎は、佐々木の抜刀を見てつぶやいた。居合腰や抜刀の姿勢も悪くない。菅井から居合の指南を受けるようになって半月ほどだが、佐々木の上達は早いようだ。

菅井と佐々木がいるのは、はぐれ長屋の裏手の空き地だった。雑草におおわれていたが足場は悪くなく、長屋の子供たちの遊び場にもなっていた。いまも、長屋の子供たちが数人、空き地の隅に屈み込んで稽古の様子を眺めている。

五ツ半（午前九時）ごろだった。風のない穏やかな晴天である。

空き地には、初夏の陽射しが満ちていた。どこにいるのか、チュン、チュン、という雀の鳴き声が聞こえてきた。

源九郎が佐々木たちの方へ歩を寄せると、源九郎の姿を目にした子供たちが、「華町の小父《おじ》ちゃんだ！」「傘張りの小父ちゃん！」などと声を上げ、源九郎のそばに走り寄ってきた。まだ、芥子坊《けしぼう》頭の五つか六つの男児たちである。どの顔も、見覚えのある長屋の子だった。

「稽古してるふたりに近付くな。あぶないからな」

源九郎は、ひとりの子の頭を撫《な》でてやりながら言った。

「うん、近付かない」

仙太《せんた》という子がどんぐり眼《まなこ》を瞠《みひら》いて言うと、そばにいた長吉《ちょうきち》という子が、

「おっかァが、そばに寄るなって言ってたぞ」

と、口をとがらせて言った。

「そうだとも。……みんなは、この辺りにいろ」

源九郎はそう言い置いて、さらに菅井たちのそばに近寄った。

「おお、華町か」

菅井は源九郎に気付くと、手にした刀をゆっくりと納刀した。

佐々木は柄《つか》を右手で握り、居合腰に沈めて抜刀体勢をとっていたが、右手を柄から離して腰を伸ばした。

ふたりの顔が紅潮し、汗がひかっていた。しばらく前から、居合の稽古をつづけていたらしい。

「華町、何の用だ」

菅井が手の甲で額の汗を拭いながら訊いた。

「いや、用はない。わしも、素振りでもしようかと思って来たのだ。ちかごろ、体がなまってしまってな。たまには、素振りでもせんと刀を抜くこともできなくなる」

源九郎は暇を持て余して、菅井たちの稽古の様子を見物に来たのだが、そう言ったのである。

「華町も、いっしょに稽古をすればいい」

菅井が、稽古の後で将棋の相手をしてやってもいいぞ、と小声で言って、ニンマリした。

「こんないい日に、部屋に籠《こも》って将棋をやる手はなかろう」

「稽古の後だ。華町も暇だろう」

「暇なものか」

「傘張りか」

「さァ、やるか」

源九郎は菅井には応えず、刀の下げ緒で両袖を絞り、袴の股だちを取った。

腰に帯びた大刀を抜くと、大上段にふりかぶり、ゆっくりと振り下ろした。一振りで、縮こまっていた体がすこし伸びたような気がした。

次第に力がこもるようになり、気合も発するようになった。上段から刃筋を立てて斬り下ろし、手の内を絞って刀身をとめる。素振りは、その繰り返しである。

小半刻（三十分）もすると、源九郎の額に汗が浮いてきた。息も荒くなっている。

「と、歳をとると、すぐに、息が上がる」

源九郎が、声をつまらせてつぶやいた。

そのとき、叢《くさむら》のなかを走り寄る足音が聞こえた。

振り返って見ると、安之助だった。何かあったのであろうか。顔がこわばっている。それに、安之助は島田道場の朝稽古に行っているはずなのだ。

「どうした、安之助」

源九郎が訊いた。

菅井と佐々木も、刀を手にしたままそばに来た。

「た、大変です！　松井《まつい》どのと重松《しげまつ》どのが斬られました」

安之助が甲走った声で言った。

松井洋之助《ようのすけ》は、松浦藩士だった。藩邸住まいだったので、島田道場にはときおり通ってくるだけである。重松辰之助《たつのすけ》も島田道場の門弟で、深川、海辺大工町《うみべだいくちょう》に住む牢人の倅だった。

「ふたりとも、死んだのか」

源九郎が訊いた。

「松井どのは、亡くなったそうです。重松どのは、左腕を斬られただけのようです」

「それで」

安之助は、ふたりが斬られたことを知らせに来ただけではないらしい。

「お師匠が、すぐに道場に来て欲しいそうです」

安之助は、島田に言われて源九郎たちを呼びに来たようだ。

「すぐ、行く」

源九郎が菅井に目をやると、

「おれも行く」

と言って、菅井は手にした刀を鞘に納めた。

佐々木もすぐに納刀し、菅井とともに源九郎の後につづいた。

横網町への道を急ぎながら、源九郎が安之助に訊くと、朝稽古のおりに、重松が道場に姿を見せ、昨日遅く、道場からの帰りにふたりの武士に襲われ、松井が斬り殺されたことを話したという。

すぐに、島田は門弟たちとともに現場の万年橋近くの大川端に向かい、斬殺された松井の遺体を引き取るとともに、安之助にはぐれ長屋に走って、源九郎たちに知らせるよう指示したという。

道場には、大勢の門弟が集まっていた。いずれも肩を落とし、重苦しい沈黙につつまれていた。

道場のなかほどに、松井の遺体は横たえられているらしい。島田と師範代格の佐賀峰太郎《さがみねたろう》、富永、小山、それに門弟たちが、遺体を取りかこむように立っていた。だれもが悲痛な顔をし、若い門弟たちは嗚咽《おえつ》を洩《も》らし身を顫《ふる》わせていた。

門弟たちのなかに、重松の姿もあった。左袖の二の腕あたりがすこし膨らんでいるので、晒《さらし》が巻いてあるのかもしれない。ただ、深手ではないようだ。

「華町どの、菅井どの、松井が……」

島田の声は、震えていた。顔が蒼ざめている。

源九郎と菅井は、門弟たちの間から道場の床に仰臥《ぎょうが》している松井のそばに近付いた。

松井は目と口をとじ、眠っているような顔をしていた。おそらく、島田たちが目や口をとじさせ、顔の血もぬぐいとったのであろう。

肩から胸にかけてどす黒い血に染まり、ひらいた深い傷口から截断《せつだん》された鎖骨が覗いていた。

……同じ手だ！

と、源九郎は察知した。

杉山の傷と酷似していた。松井は、同じ下手人の手にかかったとみていいだろう。

そのことを、源九郎が言うと、

「おれも、下手人は杉山どのを斬った者とみた」

菅井が言い、島田もちいさくうなずいた。ふたりも、杉山の傷を見ていたのだ。

「何者かはしらんが、島田道場の門弟を狙っているようだぞ」

菅井がけわしい顔をして言った。

「狙っているのは、松浦藩にかかわりのある者かもしれん」

これまで、斬殺されたのは、松浦藩の杉山と松井のふたりだった。今度は、いっしょにいた重松も襲われたが、腕を斬られただけである。初めから重松の斬殺は眼中になかったとも考えられる。

「重松、相手は何人だった」

源九郎が訊いた。すでに、島田に話しているだろうが、あらためて訊いたのである。

「ふ、ふたりです」

重松が声を震わせて言った。目に怯《おび》えたような色があった。そのときの恐怖が、蘇《よみがえ》ったのかもしれない。

「ふたりは武士か」

「は、はい、覆面をしていたので、顔は分かりませんが、牢人のようでした」

重松によると、ふたりとも着古した小袖とよれよれの袴姿で黒鞘の大刀を一本だけ落とし差しにしていたという。

「ふたりの体付きを覚えているか」

「そ、それがしに刀をむけてきた男は、中背で……、肩幅がひろく胸の厚い体をしてました」

「もうひとりは？」

「松井どのに斬りかかりました。ちらっと見ただけなので、よく覚えていませんが、大柄でした」

「中背と大柄だな」

……家老の一柳さまを襲った者たちだ！

と、源九郎は察知した。四人の襲撃者のなかにいたふたりの牢人体の男は、中背と大柄だったと聞いていた。

源九郎がそのことを話すと、

「狙っているのは、松浦藩の家臣にまちがいない」

菅井が、目をひからせて言った。

三

その日の午後、松浦藩の家臣たちが松井の遺体を引き取りにきた。藩士が四人。久保田、堂本、それに富永と小山だった。他に、陸尺《ろくしゃく》がふたり、駕籠を担いできた。松井の遺体を運ぶための駕籠である。

松井の遺体を駕籠に運び終えた後、源九郎たちは道場の隅に立ったまま久保田たちと話した。

「杉山も、松井も、道場からの帰りに待ち伏せされたようです」

島田が切り出した。

「下手人は、松浦藩士を狙ったとみていいようだ」

源九郎が言い添えた。

「うむ……」

久保田たち四人の藩士の顔がけわしくなった。

「松井たちを襲った者はふたり。ご家老の一柳さまの駕籠を襲った四人のうちのふたりとみている」

さらに、源九郎が言った。

「なに！　まことか」

久保田が驚いたような顔をした。堂本たち三人も息を呑んで、源九郎に目をむけている。

「まず、まちがいない」

源九郎は、松井を襲ったふたりの男の体軀《たいく》が、家老の駕籠を襲ったふたりのそれと似ていることを話した。

「うむ……」

久保田の顔に苦悶《くもん》の表情が浮いた。

「これまで狙われて殺されたのは、島田道場の門弟で、しかも松浦藩士だけだ。何か理由があるはずだが」

源九郎が久保田に目をむけて訊いた。久保田には、思い当たることがあるのではないかと思ったのである。

「……」

久保田は無言だった。虚空を睨《にら》むように見すえている。

そのとき、島田が久保田に身を寄せ、

「それがし、これだけではすまないような気がします。……久保田どの、当道場には貴藩の家臣が、杉山と松井の他にもいます。このままでは、命を落とす者がさらに出るのではないでしょうか」

と、訴えるような口調で言った。

「久保田どの、お話しくだされ」

源九郎が言い添えた。

「はたして、此度《こたび》の事件とつながっているかどうか分からぬが、ご家老の命が狙われたことについては、いささか思い当たることがござる」

久保田が小声で話しだした。

江戸家老の一柳は、二年前に用人から栄進したという。二年前、江戸家老だった阿川内膳《あがわないぜん》が老齢のため隠居することになった。その跡を継ぐ者として、一柳と同じ用人の小出助左衛門《こいですけざえもん》が取り沙汰されていた。

小出は何とかして江戸家老の座に就こうとして、国許の城代家老、稲葉幸之助《いなばこうのすけ》に多額の賄賂《まいない》を贈った。

ところが、この賄賂が命取りになり、小出は用人にとめおかれ、何の猟官運動もしなかった一柳が、江戸家老の座に就いた。

そうなったのは、小出が贈った賄賂の金の出所が問題になったからだ。目付筋の者が、小出は松浦藩の蔵元である廻船問屋の相模屋久兵衛《さがみやきゅうべえ》と結託して、本来藩庫に入るべき金を私腹し、それを稲葉に贈ったのではないかと訴えたのだ。

その後、目付筋の者が小出の身辺を探ったが、不正な金を私腹したという確かな証《あかし》は出てこなかった。そのため、小出は罰せられることもなく、用人のままいまに至っている。また、相模屋にも咎《とが》めはなかった。

「ただ、この二年間、小出どのが黙っていたわけではござらぬ」

富永が身を乗り出すようにして言った。

富永は徒目付で、小出の金の出所を洗ったひとりだという。富永によると、小出は藩の金を私腹したという話は、自分を陥れるための一柳の捏造《ねつぞう》であると訴えたそうである。

だが、小出が使った金の出所がはっきりしなかったこともあり、小出の訴えも取り上げられなかったという。

「そのままいまに至っているのだが、小出どのの胸の内には、一柳さま憎しの強い思いがあるらしいのだ」

久保田が低い声で言った。

「……………」

源九郎も、小出は一柳を憎んでいるだろうと思った。

「それに、江戸藩邸のなかには、いまだに小出どのに与《くみ》する者がいるのだ。その者たちが小出どのと結託して、ひそかに一柳さまのお命を奪おうとしているとも考えられる。一柳さまさえ亡き者にすれば、まだ、小出どのが家老になる目があるとみているのかもしれん」

久保田は語尾を濁した。確かな証はなく、推測が多いのだろう。

「小出たちが、一柳さまの命を狙う理由は知れたが、島田道場の門弟を狙うのはどういうわけであろう」

源九郎が言った。

菅井や島田も腑に落ちないらしく、黙したまま久保田に目をむけている。

「それがしにも、なぜ、当道場の門弟だけを狙うのか分からんのだが、堂本、何か思い当たることはないか」

久保田が、堂本に目をむけて訊いた。

「剣術指南役の話ではないでしょうか」

堂本が首をかしげながら言った。はっきりした話ではないようだ。

「何か、剣術指南のことで、ご家中に諍《いさか》いがあったのでございましょうか」

島田が訊いた。

「いや、小出どのが笹子右京之助《ささこうきょうのすけ》という家臣に、江戸家老になった暁には、わが藩の剣術指南役に推挙すると話したらしいのだ」

笹子は、家中でも名の知れた東軍流の遣い手で、剣術指南役の話もあったという。ところが、松浦藩としては指南役というあらたまった役は置かず、島田に出稽古のように藩邸に来てもらって、希望する藩士だけが指南を受けることにした。その方が藩としても、都合がよかった。藩財政が逼迫《ひっぱく》しているおり、五十石ならたいした石高ではなかったし、家臣のなかで東軍流と他流の確執を生むこともないのだ。

なお、笹子は徒小頭で、八十石を喰《は》んでいるという。

「笹子どのは、いまも江戸の藩邸におられるのか」

源九郎が訊いた。

「上屋敷にいる。そこもとたちが、屋敷内で指南をしてくれたおりには姿を見せなかったが、実は、菅井どのとの立ち合いを望んだ茂木が、笹子の弟子なのだ」

堂本が言った。

「あやつか。……ところで、笹子どのの体付きは」

源九郎は、駕籠を襲った大柄な男か中背の男ではないかと思った。正体を隠すために牢人に身を変えたかも知れない。

「ずんぐりした体軀で、首が太い」

堂本によると、笹子の全身に鋼のような筋肉がついていて、腰もどっしりしているという。

「胸は厚いかな」

源九郎は、重松から中背の武士は胸が厚かったと聞いていたのだ。

「いや、とりわけ厚いようには見えないだろう」

「……」

駕籠を襲った中背の男ではないようだ、と源九郎は思った。もっとも、見た感じの体軀なので、はっきりしたわけではない。

「いずれにしろ、用心せねばならぬな」

久保田がけわしい顔で言った。

久保田たちが道場から出ていった後、島田は源九郎たちと師範座所に腰を下ろし、

「華町どのと菅井どのに、頼みたいことがあります」

と、声をあらためて言った。

「なんだ」

「当道場としても、手をこまねいているわけにはいきません。松浦藩の家中にどのような騒動があるにせよ、斬り殺された杉山と松井は、この道場の門弟なのです」

島田の顔はけわしかった。

「……」

源九郎は黙ってうなずいた。島田の胸の内は、よく分かる。

「そこで、華町どのたちに杉山たちを襲ったふたりをつきとめてもらいたいのです。相手によっては、道場として、杉山たちの敵を討ってやりたい」

島田は静かだが強いひびきのある声で言った。

「長屋の仲間たちで、ふたりの下手人を探し出せということかな」

はぐれ長屋に住む源九郎、菅井、茂次、孫六、それに三太郎の五人は、これまでならず者に脅された商家の用心棒に雇われたり、勾引《かどわ》かされた娘を助け出したり、敵討ちの助太刀をしたりしてきた。そうしたことがあって、源九郎たちをはぐれ長屋の用心棒などと呼ぶ者もいた。

島田も長屋にいたころは、源九郎たちの仲間のひとりだったが、道場主に収まったいまは、そうした仲間からはぬけている。

「どうだ、菅井」

源九郎が菅井に目をやると、無言でうなずいた。

「引き受けよう」

源九郎も胸の内では、このままにしておくことはできないと思っていた。それに、ちかごろ菅井が、将棋をやりに源九郎の許に顔を出さないので暇でもあった。

「では、些少《さしょう》ですが」

島田は懐から財布を取り出した。そして、源九郎の膝先に小判を置いた。十両あるらしい。島田にすれば、大奮発である。おそらく、松浦藩からの礼金と秋月家からの合力の蓄えから出したのであろう。

「いただいておく」

源九郎は、十両を手にした。

これまで、源九郎たちは、相応の礼金や依頼金をもらって事件の解決にあたってきたのである。

四

その日、源九郎たちは、本所、松坂町《まつざかちょう》にある亀楽《きらく》にいた。島田から杉山たちを斬った下手人の探索を頼まれた翌日である。

亀楽は、縄暖簾《なわのれん》を出した飲み屋だった。小体《こてい》な店で、元造という寡黙な親爺とお峰《みね》という婆さんのふたりだけでやっている。肴《さかな》は煮染と漬物ぐらいしかなかったが、酒は安価でうまかったし、腰を据えて長い時間飲んでいても、文句一つ言わなかった。そうした気楽さと安上がりで済むことが気に入って、源九郎たちは亀楽を贔屓《ひいき》にしていたのだ。それで、何か理由をつけては店にやってきて一杯やるのだ。

亀楽の飯台を前にして、源九郎、菅井、孫六、茂次、三太郎の五人が、腰掛け代わりの空き樽に腰をかけていた。他に客はなく、元造とお峰は注文された酒と肴を出すと、板場にもどってしまって店にはいなかった。

「話は、飲んでからだ」

そう言って、源九郎が銚子をとった。

「ヘッヘヘ……。ありがてえ、久し振りで、みんなと酒が飲める」

孫六が目尻を下げて言った。

孫六は還暦を過ぎた年寄りだが、酒に目がなかった。小柄で、すこし猫背である。中風をわずらったせいか、左足をすこし引き摺《ず》るようにして歩く。一緒に住んでいる娘のおみよに、中風に酒はよくない、と言われて、おおっぴらに酒が飲めないので、源九郎たち長屋の連中と飲むのをことのほか楽しみにしていた。

孫六は、隠居する前、番場町《ばんばちょう》の親分と呼ばれた腕利きの岡っ引きだった。隠居したいまでも、探索や尾行などは巧みである。

源九郎はいっとき仲間たちと酌み交わした後、

「みんなに、頼みがあるのだ」

と、話を切り出した。

「島田道場の門弟が殺《や》られた件ですかい」

すぐに、茂次が訊いた。

「そうだ。島田から、門弟ふたりを斬り殺した下手人をつきとめてくれと頼まれたのだ」

源九郎は、これまでに分かっている事件の様子をかいつまんで話し、

「このままだと、さらに島田道場の門弟から犠牲者が出るかもしれん。それに、島田には、殺されたふたりの門弟の敵を討ってやりたい気もあるようだ」

と、言い添えた。

「むろん、ただではないぞ」

すぐに、菅井が言った。

「菅井のいうとおり、島田から十両預かっている。承知すれば、ひとり頭二両ということになるな」

源九郎たちは、これまで礼金や依頼金など五人で均等に分けてきたのだ。

「あっしは、やる。……二両ありゃァ、当分酒代には困らねえ」

孫六が、ニヤニヤしながら言った。

「おれもやるぜ。なんてたって、島田道場は、はぐれ長屋の親戚みてえなもんだからな」

と、茂次がつづいた
三太郎は無言だった。飯台の隅に腰をかけて手酌で飲んでいる。顔が青白く、面長で顎が張っていた。青瓢簞《あおびょうたん》のような顔である。その顔が、いくぶん赤らみ、艶《つや》のいい瓢簞のような顔色になっている。

　三太郎は砂絵描きだった。染粉で染めた砂を色別のちいさな袋に入れて持ち歩き、人出の多い寺社の門前や広小路などの片隅に座り、掃き清めた地面に色砂を垂らして絵を描く見世物である。

「三太郎は、どうするな」

　源九郎が訊いた。

「あっしも、やらせてもらいます」

　三太郎が、小声で言った。空気の洩れるような声である。いつもそうだった。三太郎は内気なところがあり、仲間とはしゃいだり、大声を出して騒いだりすることはあまりなかった。

「これで、決まった」

　源九郎は、二両ずつだぞ、と言って、五人の前に小判を二枚ずつ置いた。

「ありがてえ、小判だ！」

　孫六は掌《て》の上に置いて眺めた後、巾着《きんちゃく》を取り出して大事そうにしまった。

　茂次と三太郎も小判を手にして巾着に入れた。しばらく、研師《とぎし》や砂絵描きとして稼ぎに出られなくなるので、二両は暮らしにも使われるはずである。

「今夜は、ゆっくりやろう」

源九郎は目を細めて、手にした猪口《ちょく》をかたむけた。

それから、一刻（二時間）ほどして、源九郎たちは亀楽を出た。

月夜だった。十六夜《いざよい》の月が、小判を思わせるような黄金色《こがねいろ》を帯びてかがやいている。夜陰のなかに、家並が黒く沈んだように見えていた。淡い灯《あかり》の洩れている家もあったが、町筋は深い静寂《しじま》につつまれている。

五人ともいい気分だった。茂次、孫六、三太郎の三人は肩を寄せ合って、何やら話しながら歩いていく。いつも飲んだ後はそうだった。決まって下卑《げび》た話になり、三人でひっついてひそひそやり始めるのだ。

源九郎と菅井は、茂次たち三人からすこし離れて歩いた。

「菅井、どうだ、佐々木は」

歩きながら、源九郎が訊いた。

菅井は、いまでも佐々木に居合を指南していた。ちかごろは、朝めしや夕めしも、いっしょに食っているようだ。

「思ったより、上達が早いのだ」

そう言って、菅井が目を細めた。

「おまえの指南が、うまいのだろう」

「おれは何も言わず、抜いて見せるだけだ」

「それがいいのだ。……見て覚えるのが一番だからな」

「だが、居合をそこそこ身につけるまでには、どんなに精進しても三、四年はかかるぞ。いつまでも、長屋で暮らすわけにはいくまい」

菅井が、つぶやくような声で言った。

「いっそのこと、おまえの養子にしてしまったらどうだ。そうすれば、別の家に住むこともないし、居合の稽古も好きなだけできる」

「馬鹿なことを言うな。おれは、大道で居合を観せて銭をもらっている身だぞ。佐々木は、大名の家臣で五十石取りだ。養子になど、できるか」

菅井が渋い顔で言った。

「まァ、そうだな」

菅井の言うとおりだった。居合に関しては師弟だが、身分は大名家の家臣と大道芸人である。菅井が、佐々木を養子にするのは無理だろう。

そのとき、孫六の、「今晩、寝ずに励むんだぞ」という声につづいて、ヒッヒヒ……という下卑た笑い声が聞こえた。

すぐに、茂次が孫六の脇腹辺りを肘《ひじ》でつついて、「とっつァん、まちげえて、娘のおみよの寝床にもぐり込むなよ」と笑いながら言った。

「馬鹿野郎、そんなことをしたら、又八《またはち》にたたき出されらァ」と孫六が言って、首をすくめた。又八は、娘のおみよの亭主である。

三人は肩を寄せ、背をたたいたり、肘でつつきあったりしながら、ひそひそ話をしながら歩いていた。三人の地面に落ちた短い影が、重なったり離れたりしながらついていく。

五

茂次は深川清住町の大川端にいた。長屋につづく路地木戸の脇である。そこは、大川端といっても細い路地をすこし入ったところで、表通りからはひっ込んでいた。

徳兵衛店《とくべえだな》という長屋の路地木戸の前で、そこから路地の先に大川の岸辺と川面が見えた。杉山が斬殺されたすぐ近くである。茂次は、杉山を襲って斬り殺した下手人を探ってみようと思い、この場に来ていたのだ。

茂次は地面に敷いた茣蓙の上に腰を下ろしていた。膝先には、様々な種類の砥《と》石《いし》や鑢《やすり》の入った仕立箱が置いてあり、その上に錆《さ》びた鋏《はさみ》や包丁が載せてあった。

こんな物を研《と》ぐという見本である。

仕立箱の脇には、水を張った研ぎ桶があった。その場で、刃物を研ぐのである。

茂次は長屋の住人が、刃物の研ぎを頼みに来るのを待っていた。すでに、この場に腰を下ろして、小半刻（三十分）ほど経つが、研ぎを頼みに来た者はいなかった。

めずらしいことではなかった。場所によっては、半日待っても来ないこともあるのだ。

八ツ半（午後三時）ごろであろうか。陽は西の空にまわっていたが、まだ陽射しは強かった。それでも、大川の川面を渡ってきた風には涼気があり、あまり暑いとは感じなかった。

そのとき、下駄の音がし、路地木戸から長屋の女房らしい女が出てきた。手に錆びた包丁を持っている。どうやら、客らしい。

大年増《おおどしま》だった。色の浅黒い、痩せた女である。赤い鼻緒の下駄を履いていたが、下駄の歯の片側が磨り減っているらしく、すこし台がまがっていた。茣蓙の上に腰を下ろしていると、どうしても爪先が目に入るのだ。

女は茂次の前に来て足をとめると、

「研ぎ屋さん、研いでおくれ」

と言って、手にした包丁を差し出した。

ひどい包丁だった。錆びているだけでなく、刃が欠けてでこぼこしている。

「へい、姐《あね》さん、安くしときやすぜ」

女は、姐さん、という柄ではなかったが、茂次は女が客なので、そう呼んだのである。

「いかほどだい」

「この包丁だと、二十文はいただきてえが、十五文にまけときやしょう」

茂次は、包丁や鋏などの研ぎ代として二十文もらっていた。相場も、そのあたりなので、十五文なら高くないだろう。茂次は、女から杉山を襲った下手人のことについて訊くつもりだった。女に気持ちよく話してもらうためもあって、安くしておいたのだ。

「十五文なら安いね」

女は笑みを浮かべた。

「すぐ研ぎやすから、そこで待っててくだせえ」

茂次はそう言うと、仕立箱のなかから荒砥《あらと》を取り出した。まず、刃の部分を削りとって平らにするのである。

女は茂次の脇に屈み、包丁を動かす茂次の手元を見ていた。

「姐さん、知ってやすかい」

茂次が包丁を動かす手をとめずに話しかけた。

「何のことだい」

「この辺りで、お侍が斬り殺されたと聞いてやすぜ」

「そうなんだよ。この先の大川端で、斬り殺されてね。あたしも、見に行ったんだよ」

女が路地の先を指差しながら言った。

「へえ、姐さんは見にいったんですかい」

茂次も見にいったが、黙っていた。

「血まみれでねえ。苦しそうな顔をして、死んでたよ」

女は眉宇《びう》を寄せ、自分でも苦しげな顔をして見せた。

「辻斬りにでも、殺られたんですかね」

茂次が知りたいのは、下手人である。

「辻斬りじゃァないみたいだよ。……徳《とく》さんがねえ、斬られるところを見たらしいんだよ」

急に、女の声がちいさくなった。

「見た男がいるのかい」

思わず、茂次は包丁を動かす手をとめて訊いた。

「見たらしいんだよ。もっとも、遠くからで、はっきり見えなかったようだけどね」

「それで、下手人は侍なのかい」

茂次が訊いた。

「そうらしいよ。刀がひかったのを見たと言ってたから」

「で、下手人はひとりかい」

「それが、三人らしいんだよ」

「三人……」

どうやら、大柄な男と中背の男のふたりだけではないようだ。

「あたし、くわしいことは知らないんだけどね。……徳さんの話だと、斬った後、三人の男が逃げるように遠ざかっていくのを見たそうだよ」

「姐さん、徳さんてなァだれだい」

茂次は、徳さんから直接訊いてみた方が早いと思った。

「徳造《とくぞう》さんだよ」

「この近くに住んでいるのかい」

「大川端にある八百屋の旦那だよ」

女によると、大川端の道を川下に二町ほど行くと、小体な八百屋があり、その店の親爺が徳造だという。

「そうかい」

茂次は、とめていた手をせわしく動かし始めた。早く研ぎ終えて、徳造から話を訊こうと思ったのである。

茂次は研ぎ終えると、

「姐さん、よく切れるようになりやしたぜ。まちがって、指を切らねえようにしてくだせえよ」

そう言って、女に包丁を手渡した。

女がその場を離れると、茂次はすぐに砥石を仕立箱にしまい、研ぎ桶の水をこぼした。そして、研ぎ道具を風呂敷に包むと、背負ってその場を離れた。今日の仕事は、これで終りである。

六

八百屋はすぐに分かった。店先の台に、青菜、大根、葱《ねぎ》などが並び、奥には漬物樽がいくつか置いてあった。漬物類も売っているらしい。その漬物樽の前に、汚れた前だれをかけた親爺らしい男がいた。漬物樽に手をつっ込んでいる。何か漬けているのかもしれない。

茂次は店先から離れ、背負った風呂敷包みを大川の岸際の叢のなかに隠し、あらためて店先に近付いた。研ぎ屋と知られたくなかったのである。

「ごめんよ」

茂次が声をかけた。

親爺は慌てて濡れた手を前だれで拭くと、店先に出てきた。五十がらみと思われる浅黒い顔の男だった。その顔に、笑みが浮いている。茂次のことを客と思ったのかもしれない。

「ちょいと、訊きてえことがあってな」

茂次がそう言うと、とたんに親爺の顔の笑みが消え、渋い顔になった。

「おめえさんが、徳造かい」

「そうだが、何の用だい」

徳造は、つっけんどんに言った。

……こいつは、ただじゃァしゃべらねえ。

茂次は懐から巾着を取りだし、何枚か波銭をつまみだした。

「とっといてくんな」

茂次が徳造の手に波銭を握らせてやった。

徳造は銭を手にすると、とたんに機嫌のいい顔付きになり、

「それで、何が、訊きてえんです」

と、自分から訊いてきた。声色《こわいろ》まで変わっている。

「ちょいと、小耳に挟んだんだがな。おめえ、この先で侍が斬られるのを見たそうじゃァねえか」

茂次が、徳造を見すえて低い声で訊いた。

「へ、へい」

徳造の顔が、こわばった。茂次の低い声には凄《すご》みがくわわったので、岡っ引きとみたのかもしれない。

「そんときの様子を話してくんねえ」

茂次は、さらに声を低くして訊いた。岡っ引きと思わせておいた方が都合がいいと思ったのである。

「あ、あっしが、万年橋のたもとにある『たぬき』ってえ飲み屋で一杯やった帰《けえ》りに見たんでさァ」

徳造によると、六ツ半（午後七時）ごろだったという。

大川端は夜陰に染まっていた。通り沿いの表店《おもてだな》は店仕舞いし、ひっそりしていたが、飲み屋や小料理屋などからは灯が洩れ、ときおり酔客や夜鷹らしい女などが通りかかった。

そのとき、前方で、「何者だ！」という叫び声が聞こえた。徳造は声の聞こえた方に目を凝らした。

夜陰のなかで怒号が聞こえ、黒い人影が交差した。キラッ、と刀が夜陰のなかにひかり、刀身のはじき合う甲高い金属音がひびいた。つづいて、絶叫が聞こえ、よろめく人影が見えた。

……辻斬りだ！

と、徳造は思った。

巻き添えを食いたくないと思い、徳造は慌てて岸沿いの柳の陰に身を隠した。

すぐに斬り合いは終わったらしく、気合も刀の触れ合う音も聞こえなくなった。そして、ひとりが、「長居は無用！」と声をかけ、すぐに、黒い人影が三つ、斬り合いのあった場から川下の方へ足早に遠ざかっていくのが見えた。

「あっしが、見たのはそれだけでさァ」

徳造が言った。

「その三人は、侍だな」

「へい、三人とも刀を差していやした」

徳造によると、三人が斬り合いのあった場所から歩きだして間もなく、三人の姿が通り沿いの飲み屋の軒先につるしてあった赤提灯《あかちようちん》の灯に照らし出されたという。

「どんな格好をしてた」

茂次が訊いた。

「ふたりは、牢人のように見えやした」

ひとりは総髪で、袴を穿《は》いていなかった。もうひとりは、小袖に袴姿だったが、刀を一本だけ差し、歩く姿に荒《すさ》んだ感じがあったという。

「牢人だな」

茂次は、話に聞いていた大柄な男と中背の男ではないかと思った。

「もうひとりは」

杉山を襲ったのは、三人らしいのだ。

「羽織袴のお侍でした」

徳造には、歴《れっき》とした武士のように見えたという。

「ひとりが、長居は無用と声をかけたそうだな」

「へい」

「そいつは、羽織袴の武士か」

茂次は物言いからみて、牢人ではないような気がしたのだ。

「そうでさァ」

「…………」

羽織袴の武士が三人の頭格のようだ、と茂次は思った。

その日、茂次は暮れ六ツ（午後六時）を過ぎてから、はぐれ長屋に帰り、源九郎の家に立ち寄った。探ったことを源九郎に伝えておこうと思ったのである。

源九郎は茶を飲んでいた。すでに、夕めしは済んだようだ。

「どうした、茂次」

源九郎が訊いた。茂次が、夕めしのころ顔を出すのはめずらしかったのだ。

茂次は上がり框《かまち》に腰を下ろすと、

「華町の旦那、杉山さまを襲った下手人を見たやつがいやしたぜ」

と切り出し、徳造から聞いたことをかいつまんで源九郎に話した。

「下手人は三人か」

源九郎が聞き返した。

「へい、牢人がふたり、もうひとりは羽織袴姿の武士だそうで」

「やはり、松浦藩の者がからんでいるとみていいようだな」

源九郎は、羽織袴姿の武士が松浦藩の家臣ではないかと思ったのだ。

「それで、三人が何者なのか知れないのだな」

源九郎が訊いた。

「そこまではまだでさァ。なに、そのうち嗅《か》ぎ出しやす」

茂次が目をひからせて言った。

「茂次、油断するなよ。探っていると気付けば、おまえの命を狙ってくるかもしれんぞ」

「油断はしませんや」

そう言って、茂次は腰を上げた。

「どうだ、茶を飲んでいくか」

源九郎が立とうすると、

「旦那、あっしはすぐ帰《けえ》りやす。……お梅のやつが、夕めしの支度をして、あっしの帰りを首を長くして待ってるはずなんで」

茂次は目尻を下げて言うと、戸口から飛び出していった。

第三章　襲　撃

一

「そこもとたちに、頼みがあるのだがな」

　久保田が声をひそめて言った。

　松浦藩、上屋敷の書院だった。源九郎、菅井、島田の三人が、剣術の指南を終えた後、いつものように書院に引き上げると、一柳、久保田、堂本の三人が姿を見せた。そして、用意された酒肴の膳を前にして、いっとき酌み交わした後、久
　保田が源九郎たち三人に話を切り出したのだ。

「ご家老の駕籠《かご》の警固を頼みたいのだ」

　久保田が、源九郎たちに視線をむけて言った。

「駕籠の警固ですか」

島田が聞き返した。

「そうだ。以前、ご家老が中屋敷からの帰りに、四人の曲者《くせもの》に襲われたことを話しましたな。……実は、所用で十日ほど後に、また中屋敷に行かねばならなくなったのだ。それで、そこもとたちに警固を頼みたいのだ」

久保田によると、幸恭の風邪は治ったが体調がおもわしくなく、身のまわりの世話をする女中をひとり増やすつもりだという。その女中を中屋敷に連れていき、ついでに幸恭の体調を確かめてきたいのだという。

「ですが、われらが警固にくわわらずとも、家中には大勢腕の立つ御仁《ごじん》がおられるのでは……」

そう言って、島田が堂本に目をやった。先手組のなかだけでも、警固に適した者が何人もいるだろう。

「いや、稽古をみてもお分かりかと思うが、そこもとたちのように腕の立つ者はおらんのだ。それに、中屋敷に行くのに、大勢の警固の者を引き連れていくのはどうも……」

堂本は言いにくそうに語尾を濁すと、一柳に目をやった。

「わしがな、警固は増やさぬように命じたのだ。たかが、愛宕下から赤坂まで行くのに、襲撃されるのを恐れて大勢の警固を引き連れていったら笑い者になろう。それにな、此度《こたび》は警固を増やして襲撃をまぬがれたとしても、次ということもある。出かける度に、大勢引きつれて行くわけにはいかぬではないか」

一柳が、源九郎たちに目をむけて言った。

「……」

源九郎は、一柳の言うとおりだと思った。

「どうであろうな」

久保田が訊《き》いた。

「かりに、われらがお供つかまつっても、襲撃されるかもしれませぬ。それに、敵は四人とはかぎらないような気がします」

島田が言った。

「島田どののおおせのとおりだ。……実はな、島田どのたちには駕籠の警固をしているのが分からぬように、すこし間を置いて来てもらいたいのだ」

久保田が声をひそめて言った。

「どういうことです」

「駕籠の警固の人数は増やさぬが、剣の遣い手を選んで警固につけるつもりでいる。敵が襲撃してきたら警固の者で駕籠を守り、その間に、島田どのたち三人が駆け付けて敵を討ち取ってもらいたい。……いつまでも、敵の襲撃に備えて警固の人数を多くするのではなく、敵の正体をつきとめ、始末することが大事だと考えたのだ」

久保田が源九郎たちに目をむけて言った。

「敵をひとりでも仕留めれば、その者から正体がつかめよう」

一柳が言い添えた。

どうやら、一柳たちの狙いは警固というより襲撃者を迎え撃って捕らえるなり斬るなりして、敵の正体をつきとめたいようだ。

そのとき、黙って話を聞いていた菅井は、

「おれは、やってもいいぞ」

と、低い声で言った。

「わたしも、駕籠の警固にくわわりましょう」

島田も承知した。

源九郎は黙ってうなずいた。ひとりだけ断ることはできなかったのである。

「それはありがたい」

そう言うと、一柳は脇に座していた久保田に目配せした。

久保田は腰を上げて座敷から出ていったが、すぐにもどってきた。袱紗《ふくさ》包みを手にしている。

久保田は島田の脇に膝を折ると、

「これは、支度金でござる」

と言って、島田の膝の脇に置いた。

袱紗包みのふくらみ具合からみて、切り餅が四つ包んでありそうだった。切り餅ひとつ二十五両なので、都合百両ということになる。久保田が支度金と言ったので、警固を終えたらさらに報酬が出るかもしれない。

島田は躊躇《ちゅうちょ》するような素振りを見せたが、源九郎が、

「ご厚意をお受けしましょう」

と、小声で言うと、島田は袱紗包みに手を伸ばした。

それから小半刻（三十分）ほどして、源九郎たちは松浦藩の上屋敷を出た。

八ッ半（午後三時）ごろであろうか。陽は西の空にかたむき、大名屋敷の影が通りに伸びていた。表通りは大名小路と呼ばれているだけあって、大名の上屋敷

や下屋敷などが、つづいていた。大名の家臣らしい供連れの武士やお仕着せ姿の中間《ちゅうげん》などが、通り過ぎていく。

源九郎たち三人が、松浦藩の上屋敷の表門から一町ほど歩いたとき、大名の中屋敷の築地塀《ついじべい》の陰からふたりの武士が表通りに出て、源九郎たち三人の跡を尾け始めた。

ふたりは深編み笠で顔を隠していた。ひとりは、小袖に袴姿だった。牢人体である。もうひとりは羽織袴姿だった。江戸勤番の藩士か御家人のように見える。

ふたりは、半町ほど間をとって源九郎たちの跡を尾けていく。

前を行く源九郎たちは、ふたりの尾行に気付かなかった。尾行されるなどとは思ってもみなかったので、背後に注意を払っていなかったのだ。

源九郎たちは、すこし足を速めた。深川相生町まで、かなりの距離がある。長屋に着くまでには暗くなるだろう。

東海道へ出ると、日本橋方面へ足をむけた。東海道は賑やかだった。様々な身分の老若男女が行き交っている。

源九郎たちが東海道へ出て一町ほど歩いたとき、背後のふたりが路傍に足をとめた。

　牢人体の男が深編み笠の端を手にして持ち上げ、

「きゃつら、このまま深川へ帰るようだ」

　と、つぶやいた。

「いずれ、きゃつらも始末せねばなるまい」

　と、もうひとりの武士が小声で言った。

二

　大名屋敷の築地塀の陰に、四人の男の姿があった。源九郎、菅井、島田、それに佐々木である。四人は、塀の陰から松浦藩上屋敷の表門に目をやっていた。一柳の乗った駕籠が出てくるのを待っていたのである。

　今日は、一柳が駕籠で赤坂にある中屋敷に出かける日だった。約束どおり、源九郎たちは駕籠の警固のために来ていたのだ。佐々木がくわわったのには、わけがあった。源九郎と菅井が長屋で警固のことを話しているとき、そばにいた佐々木が耳にし、

「それがしも、警固にくわわります」

と、言い出したのである。

当初、菅井は承知しなかったが、

「お師匠の許しがないなら、松浦藩の家臣としてご家老をお守りいたします」

と言って、ひとりで行くつもりになったのだ。

それで、仕方なく佐々木も連れて来ることにしたのである。

源九郎と菅井は、小袖に袴姿で深編み笠をかぶっていた。牢人体である。一方、島田と佐々木は網代笠《あじろがさ》をかぶり、手甲脚半にたっつけ袴姿だった。旅装の武士の格好である。四人は、松浦藩士に見えないように姿を変えたのだ。

「そろそろ出てくるころです」

佐々木が、表門に目をやったまま言った。

五ツ（午前八時）を過ぎていた。陽はだいぶ高くなり、大名小路は供連れの武士や何人もの供をしたがえた騎馬の武士などが目についた。

「出てきました」

佐々木が言った。

見ると、表門から御留守居駕籠が出てきた。一柳の乗る駕籠である。駕籠の前後にそれぞれ五人、総勢十人の警固の武士がしたがっていた。

駕籠は表通りへ出ると、源九郎たちが身をひそめている方へ近付いてきた。

「では、われらは先に」

そう言い残し、島田が築地塀の陰から出た。すぐに、佐々木がつづいた。ふたりは、駕籠の一行の前を行くことになっていたのだ。

駕籠の一行は、源九郎たちがひそんでいる前を通り過ぎた。警固の武士のなかに、堂本、富永、小山の姿があった。富永と小山は、堂本が武士の中から選んだのである。警固の武士たちの顔は、こころなしこわばっていた。襲撃のことが、頭にあるのだろう。

駕籠の一行が半町ほど先まで行ったとき、

「さて、おれたちも行くか」

と菅井が声をかけ、源九郎とふたりで通りに出た。

源九郎たちは、駕籠から半町ほど間を取って歩いていく。駕籠の行き先と道順は分かっていたので、見失うようなことはなかった。

表通りは、人通りがあった。武士だけでなく、風呂敷包みを背負った行商人や雲水《うんすい》などの姿もあった。

駕籠の一行は大名屋敷のつづく表通りをしばらく進んでから、左手におれた。

そこも大名屋敷や大身の旗本屋敷などがつづく通りで、人影は多かった。

やがて、駕籠の一行は溜池沿いの道に出た。そして、福岡藩中屋敷の前を通り過ぎると、町家が多くなった。この辺りは、赤坂田町《あかさかたまち》である。

右手の溜池側は、空き地や笹藪《ささやぶ》などが目立ったようになり、葦《あし》や茅《かや》などの群生した地もあった。人影はまばらである。

「襲うとすれば、この辺りだな」

菅井が前を行く駕籠の左右に目をやりながら言った。

「そうだな」

以前、一柳の乗る駕籠が襲われたのもこの辺りだと聞いていた。

身を隠す場所は、いくらもあった。通り沿いの笹藪や樹陰に身をひそめていてもいいし、町家の板塀の陰に身を隠すこともできるだろう。

源九郎も通りの先に目を配りながら歩いた。

駕籠の一行は、すこし足を速めたようだ。襲撃されないように、この場を早く通り過ぎようとしているのかもしれない。

だが、何事もなく駕籠は溜池沿いの通りを過ぎ、赤坂御門の前を左手にまがった。そこは、赤坂表伝馬町《おもててんまちょう》の通りで、その道を行った先に松浦藩の中屋敷はあった。

通りの左右には、旗本屋敷や大名の中屋敷などがつづき、右手前方には紀州藩上屋敷の殿舎の甍《いらか》が折り重なるように見えていた。

「どうやら、襲撃はないようだ」

菅井が言った。ここまで来れば、身を隠す場所もすくないし、人通りも多いので襲撃して駕籠を襲うのは無理だろう。

「帰りだな」

源九郎は襲撃があるとすれば、行きより帰りだろうとみていた。

一柳の乗る駕籠の一行は、無事中屋敷についた。中屋敷は大名の中屋敷や大身の旗本屋敷などがつづく通りの一角にあった。

源九郎たちも門を入り、屋敷の玄関脇の座敷に通された。すぐに、昼食が運ばれ、腹ごしらえをした後、源九郎たちは一休みした。そこで、一柳の帰りを待つことになる。

一柳が駕籠で中屋敷を出たのは、八ッ半（午後三時）ごろだった。幸恭は臥《ふ》せっていたが、それほど重い症状ではなかった。どこが悪いというのではなく、風邪をひいた後ずっと気分がすぐれず、食も進まないという。起きていると眩暈《めまい》がすると言って、寝ていることが多くなったそうだ。まだ、還暦前だが、以前から病弱で風邪をひいたりすると、なかなか回復しないという。

源九郎は駕籠が中屋敷を発つ前、

「油断するなよ。襲撃があるとすれば、帰りだぞ」

と、島田と佐々木に伝えた。

「心得ました」

島田が顔をけわしくしてうなずいた。

帰りも来たときと同じように、島田と佐々木が先行した。源九郎と菅井は、駕籠の後方である。

駕籠の一行は、来たときと同じ道順で愛宕下の上屋敷にむかった。溜池沿いの通りに出ると、源九郎たちはむろんのこと、駕籠の前後についた堂本たちも通り沿いに気を配りながら進んだが、何事もなかった。

陽が沈みかけたころ、駕籠の一行は無事松浦藩の上屋敷に着いた。

表門の前まで来ると、菅井が、

「肩透かしを食ったようだな」

と、苦笑いを浮かべて言った。

「わしらが、警固についているのを気付いたのかもしれんな」

源九郎は、こちらの動きが敵に読まれているような気がした。

三

「華町の旦那、また、来てくださいね」

お吟《ぎん》が、源九郎の袖をつかんで甘えるような声で言った。

「ちかいうちに来るよ」

源九郎が、目尻を下げて言った。

脇にいた菅井が渋い顔で、華町、行くぞ、と声をかけた。

深川今川町《いまがわちょう》にある小料理屋、浜乃屋《はまのや》の店先だった。源九郎と菅井は、松浦藩上屋敷の帰りに立ち寄ったのだ。島田と佐々木は、先に帰っていた。

源九郎は永代橋《えいたいばし》を渡って深川へ出たところで、

「おい、一杯やっていかないか」

と、菅井に声をかけたのだ。

源九郎は、一日駕籠の警固で疲れていた。それに、懐も暖かい。久し振りで、浜乃屋で一杯やりたくなったのである。

源九郎は浜乃屋を贔屓《ひいき》にしていた。お吟との関係も、親密だった。馴染みの客と女将というだけではない。源九郎とお吟は、すでに情を通じた仲であった。

お吟は浜乃屋の女将に収まるまで、袖返しのお吟とよばれた女掏摸《すり》だった。お吟が父親の栄吉《えいきち》とともに、掏摸仲間がからんだ事件にかかわったとき、掏摸の仲間たちに命を狙われたことがあった。そのとき、源九郎はお吟を助けて、掏摸仲間と闘った。そうしたおり、源九郎はお吟の身を守るために、一時長屋で匿《かくま》った。源九郎とお吟は、狭い長屋の部屋でいっしょに暮らすうち、情を通じあう仲になったのである。

ただ、ちかごろ、源九郎はあまり浜乃屋に姿を見せなかった。お吟が嫌いになったわけではない。源九郎の胸の内には、お吟が若い男といっしょになって所帯を持ってくれたらという気持ちがあったのだ。還暦に近い年寄りと、まだ子供を産み、母親としてもやっていけるお吟とでは釣り合いがとれない。いまのままの関係がつづいたら、お吟がかわいそうである。

「いいな、どこがいい」

すぐに、菅井が承知した。

「浜乃屋はどうだ」

源九郎は、お吟と逢っても菅井がいっしょなら妙な気持ちにはならないだろうと思った。それに、菅井は源九郎とお吟の関係を知っていたし、これまでも菅井とふたりで浜乃屋に行ったことがあったのだ。

「まァ、いいか」

菅井はそれほど乗り気ではないようだったが、承知した。

源九郎が島田と佐々木を先に帰したのは、若いふたりに、お吟とのかかわりを知られたくなかったからである。

お吟は、源九郎と菅井が店に入っていくと、喜んで迎えた。ふたりのために奥の小座敷を使わせ、ほとんど座敷から出ずに酌をしてくれた。

気分がよかったせいもあり、源九郎たちはいつもより長く腰を落ち着けて飲んだ。

一刻（二時間）ほど飲んだとき、

「そろそろ、帰るか」

源九郎が腰を上げた。遅くなればなるほど、帰りづらくなるのだ。

「もう帰っちゃうんですか」

お吟は、源九郎に泊まれとは言わなかった。菅井がそばにいたからである。

そんな経緯があって、源九郎と菅井は浜乃屋の店先まで出てきたのだ。

戸口まで送って出たお吟は、立ったまま源九郎と菅井の背を見送っていたが、ふたりの姿が夜陰のなかに遠ざかっていくと踵《きびす》を返した。

源九郎と菅井は大川端通りを川上にむかって歩いた。

頭上に弦月が出ていた。五ッ（午後八時）を過ぎているだろうか。通り沿いの表店《おもてだな》は大戸をしめ、ひっそりと夜の帳《とばり》につつまれている。通りに人影はなく、川岸の柳が長い枝をサワサワと川風に揺らしていた。

闇のなかで、大川の川面が月光を映じて淡い銀《しろがね》色《いろ》にひかっていた。川面の無数の波の起伏が、巨大な龍の鱗のように見えた。足元から、汀《みぎわ》に打ち寄せる川波の音が絶え間なく聞こえてくる。

源九郎と菅井は、仙台堀にかかる上《うえ》ノ橋《はし》を渡った。大名の下屋敷の前を通り過ぎたとき、菅井が、

「おい、柳の陰にだれかいるぞ」

と、源九郎に身を寄せて言った。

見ると、川岸沿いに植えられた柳の樹陰に人影らしきものが見えた。ただ、樹陰は闇が深く、人らしいことは分かったが、男なのか女なのかも分からない。

源九郎と菅井は、足をとめなかった。歩調も変えずに歩いていく。ただ、ふたりの目は柳の樹陰にむけられていた。

「おい、ふたりだ」

菅井が小声で言った。

源九郎にも分かった。樹陰にはふたつの人影があった。

「いや、三人いる」

源九郎は、ふたりのひそんでいる柳のすこし先の柳の陰にも別の人影があるのを目にしたのだ。

「辻斬りか」

菅井が言った。

「そうではないな。三人で、辻斬りをする者はおるまい。おれたちを待ち伏せしているのかもしれんぞ」

源九郎の脳裏に、杉山を襲った者たちのことがよぎった。茂次が聞き込んできたことによると、三人らしいのだ。

「どうする」

菅井が細い目をひからせて訊《き》いた。

「ここまで来ては逃げるに逃げられん」

すでに、ふたりがひそんでいる柳まで、十数間の距離に近付いていた。年寄りの源九郎では、逃げても追いつかれてしまうだろう。

「やるか」

菅井が低い声で言った。

「襲ってきたら、受けてたつよりないな」

源九郎は、相手の腕次第だと思った。三人とも遣い手なら、源九郎たちふたりでは後れをとるかもしれない。

そのとき、手前の樹陰からふたりの男が通りに出てきた。月光のなかに、その姿が浮かび上がった。ふたりとも、黒頭巾《ずきん》で顔を隠している。小袖に袴姿だった。

……牢人だ。

と、源九郎はみてとった。ふたりとも袴がよれよれだった。それに、身辺に荒《すさ》んだ雰囲気がただよっている。

ふたりは、源九郎たちの行く手をふさぐように通りのなかほどに立った。すると、先の樹陰から、もうひとり通りに出てきた。やはり、黒頭巾で顔を隠していた。羽織袴姿で、二刀を帯びていた。江戸勤番の藩士か御家人といった感じの武士である。

……こやつらだ！　杉山を斬ったのは。

と、源九郎は察知した。話に聞いていたのも、牢人体がふたり武士体がひとりだった。

「華町、こやつら、できるぞ」

菅井が、低い声で言った。三人の隙のない身構えから感じとったらしい。

源九郎と菅井は足をとめた。

菅井は左手で刀の鯉口を切り、右手を柄《つか》に添えた。いつでも、抜刀できる体勢をとったのである。

源九郎はすばやく袴の股だちを取ってから、刀の鯉口を切った。

「何者だ！」

源九郎が誰何《すいか》した。

相対した三人の男は無言だった。いずれも、右手で刀の柄を握っているが、まだ抜刀の気配は見せなかった。

四

「わしらは、長屋に住む牢人だぞ。人違いではないのか」

源九郎が、正面に立った大柄な男に言った。大刀を一本落とし差しにしている。

……この男だな。

と、源九郎は直感した。松井を斬り、一柳の駕籠を襲った一味のなかに大柄な牢人がいたと聞いていた。

「問答無用！」

大柄な牢人が、低い胴間声《どうまごえ》で言った。

「斬れ！」

源九郎の左手に近付いてきた羽織袴の武士が、鋭い声で言いはなった。

すると、牢人体のふたりが刀を抜いた。刀身が月光を反射《はね》て、夜陰のなかに青白くひかった。

「やるしかないようだな」

源九郎も抜いた。

これで明日も
ニッポン晴れ!

4月の新刊 好評発売中!

誉田哲也 ヒトリシズカ

時と場所を違えた五つの殺人事件。捜査線上に浮かぶ一人の女。追う刑事とかわす女。息詰る追跡劇の末に曝される真実にあなたは耐えられるか? 待望の文庫化!

［連作ミステリー］定価650円 978-4-575-51493-3

双葉文庫初登場

読むエンタメ! シリーズ

有吉弘行 お前なんかもう死んでいる

プロ一発屋に学ぶ「生き残りの法則50」

猿岩石時代の月収2千万円から一転、給料ゼロのどん底生活に陥った男が悟った不況社会を生き抜く50の知恵。上昇志向なんて持つな、下を見て生きろ!

［一億総下流時代の毒舌エッセイ］定価580円 978-4-575-71386-2

双葉文庫初登場

マツコ・デラックス 世迷いごと

広末涼子、高岡早紀ら芸能界の美女から女子アナ、果ては谷亮子議員まで、マツコが気になる20人のオンナ。業深きオンナの本性を鋭く見抜く——。

［人間観察エンターテインメント］定価620円 978-4-575-71385-5

双葉文庫初登場

文庫オリジナル **牧村僚 秘めやかな事情** ［長編癒し系エロス］定価630円 978-4-575-51494-0

文庫オリジナル **橘真児 ぷるるん艶《つや》レシピ** ［長編陶酔エロス］定価630円 978-4-575-51495-7

書き下ろし **川奈まり子 人妻、洗います。** ［長編美熟エロス］定価630円 978-4-575-51496-4

書き下ろし

幡 大介

大富豪同心 卯之吉子守唄

南町同心八巻卯之吉の屋敷に赤ん坊が届けられ、子守で右往左往する卯之吉と美鈴。そんな時、屋敷に盗賊が侵入する。

［長編時代小説］ 定価630円 978-4-575-66559-8

書き下ろし

藤井邦夫

知らぬが半兵衛手控帖 夕映え

大工の佐吉が年老いた母親とともに姿を消した。惚けた老婆と親孝行の倅の身を案じた同心白縫半兵衛が、二人の足取りを追いはじめる。

［長編時代小説］ 定価650円 978-4-575-66558-1

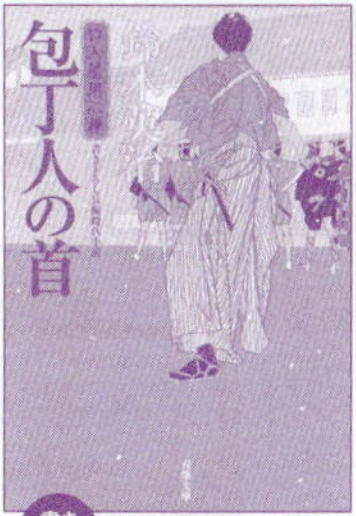

書き下ろし

鈴木英治

口入屋用心棒 包丁人の首

急遽江戸入りした沼里藩主の真興に隻眼の刺客が襲いかかる！真興の弟房興のかどわかしに隠された真の狙いとは何なのか!? 湯瀬直之進が事の真相に迫る！

［長編時代小説］ 定価670円 978-4-575-66557-4

書き下ろし

鳥羽 亮

はぐれ長屋の用心棒 24 怒り一閃

陸奥松浦藩の剣術指南をすることとなった、華町源九郎と菅井紋太夫を襲う謎の牢人たち。お家騒動が原因であることが判明するが、ついには紋太夫を師と仰ぐ若い藩士が殺害される。

［長編時代小説］ 定価610円 978-4-575-66556-7

源九郎と対峙したのは、大柄な男だった。菅井には、中背の男が相対していた。まだ菅井は抜いていなかった。居合腰に沈め、柄を握って抜刀体勢をとっている。

もうひとりの羽織袴姿の武士は抜刀して、源九郎の左手に立ったが、間合は大きくとっていた。すぐに、斬り込んでくる気配はない。

源九郎と大柄な男の間合は、三間半ほどだった。まだ、斬撃《ざんげき》の間境の外である。

大柄な男は青眼に構えていた。切っ先が、ピタリと源九郎の喉元につけられている。

……手練《てだれ》だ！

と、源九郎は察知した。

喉元につけられた切っ先に、そのまま喉に迫ってくるような威圧があった。それに、大柄な男は、実際の間合より遠くに立っているように見えた。剣尖《けんせん》の威圧で、間合を遠く見せているのだ。

源九郎も青眼に構え、切っ先を敵の左目につけた。こうすると、敵は威圧を感じるだけでなく、剣尖に気を奪われるのだ。

一瞬、大柄な男の目が、驚いたように動いた。源九郎の構えから腕のほどを見てとったのである。だが、すぐに大柄な男の目から驚いたような色が消えた。気魄《きはく》で、己の動揺を消したようだ。

「いくぞ!」

大柄な男が、趾《あしゆび》で地面を擂《す》るようにしてすこしずつ間合を狭めてきた。

源九郎は動かなかった。気を鎮めて、対峙した大柄な男との間合を読み、左手の武士の気配も感じとっていた。左手の武士も、どう動いてくるか分からなかったのである。

ジリジリと大柄な男が迫ってきた。全身に気勢が満ち、斬撃の気配が高まってくる。その大柄な体とあいまって、巨岩が迫ってくるような迫力があった。

源九郎は気を鎮めて、大柄な男の斬撃の起こりをとらえようとした。一瞬の出鼻《でばな》をとらえて、斬り込むのである。

間合がせばまるにつれ、ふたりの剣気が高まってきた。すべての神経を敵の動きに集中していた。時のとまったような静寂と痺《しび》れるような緊張がふたりをつつんでいる。

大柄な男の右足が一足一刀の間境にかかった。

刹那《せつな》、大柄な男の全身に斬撃の気がはしり、その体が膨れ上がったように見えた。
間髪をいれず、源九郎の体が反応した。
タアッ！
トオッ！
ほぼ同時に、ふたりは鋭い気合を発し、体を躍らせた。
青眼から袈裟《けさ》へ。
二筋の刃光が稲妻のように夜陰を切り裂いた。
袈裟と袈裟。ふたりの刀身が、眼前で合致し、刃が嚙みあった。
一瞬、ふたりの動きがとまった。眼前で、刀身を合致させたままである。
鍔迫《つばぜ》り合いだった。
だが、ふたりが鍔迫り合いで動きをとめていたのは、ほんの数瞬だった。
グイ、と源九郎が刀を押し、相手の押し返す力を利用して後ろへ跳んだ。
ただ、跳んだのではない。一瞬の太刀捌《たちさば》きで、跳びながら籠手《こて》へ斬り下ろしたのだ。
咄嗟《とっさ》に、大柄な男も刀身を横に払った。反射的に、刀をふるったのである。

一瞬の攻防だった。

ザクッ、と大柄な男の右手の甲が裂けた。一方、大柄の男の切っ先は空を切って流れた。

ふたりは間合をとると、ふたたび青眼に構えあった。

大柄の男の切っ先が震えていた。手の甲から血が噴き、赤い糸を引いて流れ落ちている。手の甲を斬られ、肩に力が入っているのだ。

大柄な男の目に、怒りと狼狽《ろうばい》の入り交じったような色が浮いた。

そのとき、菅井の鋭い気合が、静寂を劈《つんざ》いた。

菅井が居合の一刀をはなったのだ。

中背の男が、身をのけ反らせるようにして菅井の斬撃をかわそうとしたが、肩から胸にかけて着物が裂けた。あらわになった肌に、血の線が浮いている。ただ、浅手だった。うすく皮肉を裂かれただけのようだ。

この様子を目の端でとらえた大柄な男は、すばやく後じさり、

「引け！」

と、一声叫んだ。このままでは、源九郎たちに後れをとるとみたようだ。

「この勝負、あずけた」

言いざま、大柄な男は反転して駆けだした。刀身をひっ提げたままである。他のふたりも、抜き身を手にしたまま走りだした。

三人の手にした刀身が、夜陰のなかに白くひかりながら遠ざかっていく。

おそらく、三人は源九郎と菅井がこれほどの遣い手とみていなかったのだろう。三人で、斬れると踏んで仕掛けたにちがいない。

源九郎たちは、追わなかった。三人の逃げ足が速く、追っても無駄だと思ったのである。

「杉山どのと松井どのを斬ったのは、あやつらではないのか」

菅井が、遠ざかっていく三人の後ろ姿を睨《にら》むように見すえて訊いた。双眸《そうぼう》が、白く底びかりしている。菅井も、真剣勝負で気が昂《たかぶ》っているようだ。

「まちがいない。杉山どのたちを斬った者たちだ」

源九郎が言った。

「おれたちを待ち伏せしていたようだな」

「尾けていたのかもしれん」

源九郎は、これまでもときおり尾行されたのではないかと思った。

「せっかくの酔いが覚めてしまったな」

菅井が納刀しながら言った。

「ともかく長屋へ帰ろう」

源九郎が言い、ふたりは肩をならべて歩きだした。

頭上で弦月が皓々《こうこう》とかがやいていた。足元に落ちたふたりの短い影が、地面を這《は》うようについてくる。

五

孫六は、海辺大工町の小名木川沿いの通りを東にむかっていた。左足をすこし引きずるようにして歩いている。

八ツ（午後二時）ごろだった。初夏の強い陽射しが通りを照り付けていた。それでも、小名木川の川面を渡ってきた風には涼気があり、それほど暑さは感じなかった。

孫六は、小名木川にかかる高橋《たかはし》の近くまで来ていた。

……たしか、この辺りだったな。

孫六は、亀福《かめふく》という飲み屋を探していた。海辺大工町界隈《かいわい》で幅を利かせていた権八《ごんぱち》という地まわりがやっている店である。権八に、大川端で杉山と松井を斬り殺した下手人のことを訊いてみようと思ったのだ。

権八は、大川端の清住町や佐賀町《さがちょう》のことにくわしかったので、何か知っているかもしれない。ただ、権八がこの辺りで幅を利かせていたのは、孫六がまだ岡っ引きをしていたころの話だった。その後十年ちかく経っているので、いまも昔のように界隈《かいわい》の情報にくわしいかどうかは分からない。

……あれだ、あれだ。

孫六は、店先にぶら下がっている赤提灯《あかちょうちん》を目にとめた。色褪せた提灯に、亀福と書いてある。

……まったく、鬼瓦《おにがわら》のような面《つら》して、亀福なんぞとめでてえ名をつけやがって。

孫六は権八の顔を思い出して毒突いた。権八は赤ら顔で眉が濃く、ギョロリとした目をしていた。鼻や口が大きく、鬼瓦のような顔をしていたのだ。

戸口に縄暖簾《なわのれん》が出ていたが、店内は静かだった。まだ、客はいないのかもしれない。

縄暖簾をくぐって店に入ると、土間があり、飯台がふたつ並べてあった。薄暗い店である。まだ、客の姿はなかった。

奥で水を使う音がする。だれか、洗い物でもしているらしい。

「ごめんよ」

孫六は奥にむかって声をかけた。

すると、水を使う音がやみ、下駄の音がして奥から男が出てきた。鬼瓦のような顔をしている。権八である。鬢《びん》や髷《まげ》に白髪が目立った。しばらく見ないうちに、だいぶ老けたようだ。

権八は孫六の顔を見ると、

「いらっしゃい」

と言って、ニンマリした。孫六を客と思ったようだ。

「権八、おれだ、おれだ。番場町の孫六だよ」

「番場町の孫六だと……」

権八は孫六の顔を覗くように見てから、

「おお、番場町の親分か」

と、声を上げた。

ただ、懐かしそうな色はなかった。訝《いぶか》しそうな顔をして孫六に目をむけている。岡っ引きだった孫六を警戒しているようだ。

「一杯、もらおうか」

孫六は目を細めて腰掛け代わりの空き樽に腰を下ろした。飲みながら話そうと思ったのである。それに、懐は暖かかった。源九郎から、さらに五両もの金をもらっていたのだ。源九郎たちが松浦藩から警固の支度金としてもらった分け前である。孫六たちは、警固にくわわらなかったが、分け前として源九郎から渡されたのだ。

「まだ、肴《さかな》は煮染と冷奴ぐれえしかねえぜ」

「それでいい」

「すぐ、持ってくる」

権八は、奥の板場にもどった。板場といっても、店の奥の一角を戸板で囲い、流し場を備えただけらしい。

待つまでもなく、権八と四十がらみの痩せた女が店に出てきた。女は権八の情婦《いろ》のおときらしい。権八が銚子と猪口《ちょく》を手にし、おときが煮染と冷奴を入れた小鉢を盆に載せて持ってきた。

おときは、首をすくめるようにして、いらっしゃい、と小声で言い、小鉢を孫六の前の飯台に置くと、そそくさと奥にもどってしまった。愛想の悪い女である。

「おめえも、一杯やってくんな」

孫六が銚子をとると、

「すまねえ」

と言って、猪口で酒を受けた。権八は酒好きだったのである。

孫六は権八についでもらった酒をうまそうに喉を鳴らして飲んだ後、

「おめえに、ちょいと訊きてえことがあってな」

と、切り出した。

「厄介《やっかい》な話かい」

権八の手にした猪口が、口の前でとまっている。

「いや、おめえには、何のかかわりもねえ話だから安心しな。ちかごろ、大川端で侍が斬られたのを知ってるかい。それも、二度だぜ。清住町と万年橋のたもとちかくだ」

「知ってるよ。……番場町の、おめえ、御用聞きの足を洗ったんじゃァねえのかい」

権八が訝しそうな顔をして訊いた。

「お上の仕事じゃァねえんだ。殺《や》られたのは侍だが、前におれの住む伝兵衛店にいたことがあってな。顔見知りだったのよ。それで、下手人だけでも、つきとめてやりてえと思ってな」

孫六は殺されたふたりと顔見知りではなかったが、くわしく話すのが面倒だったのでそういうことにしたのだ。

「ふたりの侍を殺したのは、三人組らしい。ふたりは牢人で、ひとりは御家人ふうだそうだ」

孫六が言い添えた。

「見たやつがいるんだな」

そう言って、権八が手にした猪口の酒を飲み干した。

「まァな。……それで、この辺りのことは、おめえに訊くのが早《はえ》え、と思って、こうしてやってきたのよ」

孫六は、銚子を手にして権八の猪口に酒をついでやった。

「番場町の、侍が殺された話は聞いてるが、おれは何も知らねえぜ」

権八が首を横に振った。

「おめえに、下手人の名を訊きにきたんじゃァねえ。おれが睨んだところ、三人組は、清住町界隈に何度もあらわれてるはずなんだ。牢人ふたりと羽織袴の武士がつるんで歩いてりゃァ目につく。……何か、おめえの耳に入ってるはずだぜ」

「そういゃァ、船頭の守助《もりすけ》が万年橋の近くで侍が殺された夕方、大川端で妙な牢人を見たと言ってたな」

「妙な牢人だと」

孫六が首を伸ばすようにして訊いた。

「辺りが暗くなってきたころ、牢人ふうの男が川岸の柳の陰に身を隠すように立ってるのを見たと言ってたな。……守助は辻斬りじゃァねえかと思って、慌てて逃げたそうだ」

「守助は他に何か言ってなかったかい」

「おれが聞いたのは、それだけだ」

「守助の塒《ねぐら》はどこだい」

孫六は守助に会って話を聞いてみようと思ったのだ。

「守助なら、すぐ近くの長屋に住んでるぜ。いまなら、長屋にいるかもしれねえなァ」

「何てえ長屋だい」

「おときを呼びにやらせてもいいぜ。まだ、店は暇だからな」

権八が言った。

「そいつはすまねえ」

「おときに、話してくるぜ」

そう言い置いて、権八は板場にもどった。

おときは店に出て来ると、すぐに下駄を鳴らして戸口から出ていった。

孫六が権八と飲みながら小半刻（三十分）ほど待つと、おときが色の浅黒い丸顔の男を連れてもどってきた。四十がらみの男である。

「おお、守助、ここに来てくれ」

権八が声をかけると、丸顔の男が腰をかがめて近寄ってきた。

権八は、板場に足をむけたおときに、

「おとき、守助の猪口となパそれに、酒の追加を頼むぜ」

と、声をかけた。権八の顔が赤くなっている。酒がまわってきたらしい。

孫六は、権八がわざわざ守助を呼びにやった魂胆が分かった。守助に酒を飲ませれば、自分もただ酒が飲めるだけでなく、店の儲けにもなるのだ。

……ま、いいだろう。

と、孫六は思った。いつになく懐が暖かかったので、銭の心配はなかったのである。

「こちらは、番場町の親分だ」

権八がもっともらしい顔をして言った。

「親分さんですかい」

守助が首をすくめるようにして言った。

「なに、いまは、隠居の身よ。……いま、権八から話を聞いたんだがな。おめえ、清住町で侍が殺された夕方、柳の陰にいた牢人を見たそうだな」

孫六が切り出した。

「へい、見やした」

守助が答えたとき、おときが銚子と猪口を持って来た。

孫六は守助の猪口に酒をついでやりながら、

「牢人は何人いた」

と、訊いた。

「ふたりでさァ」

「ひとりは大柄じゃァなかったかい」

「へい、大柄で」

「そいつの名を知ってるかい」

「名は、知らねえ。暗がりで顔がよく見えなかったし……」

そう言って、守助は猪口の酒をうまそうに飲み干すと、

「もうひとりは、榎本《えのもと》の旦那だったかもしれねえ」

と、小声で言った。

「もうひとりを知っているのか」

思わず、孫六の声が大きくなった。

「知ってるってほどじゃァねえんで……。親分の前じゃァ言いづれえ」

守助は、口元に薄笑いを浮かべて肩をすぼめた。

「おい、おれは親分じゃァねえ。見たとおりの年寄りで、隠居の爺《じい》さんよ。おめえが、盗人だろうと人殺しだろうと、おれの知ったことじゃァねえ」

「そんなら話すが、ちょいと、手慰みしたんでさァ。そんとき、牢人がいやしてね。遊び仲間が、牢人のことを榎本の旦那と呼んだんでさァ」

手慰みとは、博奕《ばくち》のことである。

「その榎本が、柳の陰にいたんだな」

「へい」

「どこの賭場だい」

孫六は賭場を当たれば、榎本の正体が知れると思った。

「冬木町《ふゆきちょう》の竜恵寺《りゅうけいじ》でさァ」

「竜恵寺か」

孫六は、岡っ引きをしていたころ、竜恵寺が賭場になっていることを聞いたことがあった。竜恵寺は耳の遠い住職と年寄りの寺男がいるだけの古寺だった。その本堂が賭場になるときがあるのだ。胴元が住職に金を握らせてうまく丸め込んでいるのだろう。

それから、孫六は、もうひとりの大柄な牢人やいっしょにいたかもしれない武士のことなども訊いたが、新たなことは聞き出せなかった。

孫六は、店に職人らしいふたり連れの客が入ってきたところで、権八に多めに銭を握らせて腰を上げた。

六

「茂次、あれが、竜恵寺だぜ」

孫六が通り沿いの欅《けやき》の樹陰から指差した。

斜向《はす》かいに古い山門があり、その先に本堂があった。本堂の右手に小体《こてい》な家屋があるが、庫裏《くり》らしい。

境内は朽《く》ちかけた板塀でかこわれていた。境内に樹木はあまりなく、数本の欅と銀杏《いちょう》が枝葉を茂らせているだけである。ひっそりとして、物音も話し声も聞こえなかった。

孫六が、守助から話を聞いた翌日だった。今朝、孫六は井戸端で茂次と顔を合わせたとき、竜恵寺のことを話したのだ。

すると、茂次が、とっつァん、おれもいっしょに行くぜ、と言ってついてきたのである。

「賭場はひらいているのかい」

茂次が訊いた。

「まだ、ひらいてねえようだ」

賭場になるのは本堂だろうが、人のいる気配はなかった。

「ひらくのは、暮れ六ツ（午後六時）過ぎじゃァねえのかな」

「そうかもしれねえ」

まだ、陽は頭上にあった。九ツ半（午後一時）ごろではあるまいか。それに、今日賭場がひらかれるのかどうかもはっきりしない。

「どうする？」

「茂次、寺にいって話を聞いてみるかい」

孫六が言った。いつもの孫六とちがって、目に鋭さがあった。腕利きの岡っ引きだったころの凄《すご》みのある面構えをしている。

「賭場に乗り込むのかい」

茂次が驚いたような顔をした。

「いまは賭場じゃァねえ。ただの古寺よ。賭場がひらかれるまでには、まだ間がありそうだ。寺にだれかいりゃァ、それとなく話が聞けるぜ」

「そうだな。行ってみるかい」

ふたりは、欅の樹陰から通りに出た。

山門をくぐると、すぐ正面に本堂があった。古い本堂だが、なかはひろそうだった。ひっそりして、物音も人声も聞こえなかった。まだ、だれもいないようである。

右手に、庫裏があった。近くに人がいるらしく、物音がした。

「とっつァん、あそこにだれかいるぜ」

茂次が庫裏の方を指差した。

庫裏の脇に、手ぬぐいで頬っかむりした男が屈んでいた。手に鎌を持ってい
る。雑草の草取りをしているらしい。

「寺男だな。あいつに、訊いてみるか」

孫六が草取りをしている男に足をむけると、茂次もついてきた。

草取りをしていた男は孫六たちの足音に気付いたらしく、鎌を動かす手をとめ
て顔を上げた。顔に訝しそうな表情がある。

老齢だった。鬢や髷は白髪交じりで、陽に灼《や》けた浅黒い顔は皺《しわ》が目立った。

孫六は年寄りの脇に膝を折って屈むと、

「爺さん、この寺の者かい」

と、訊いた。

孫六も爺さんだが、この男よりは若い。

「へえ……。おめえさん方は？」

「おれかい。孫造《まごぞう》ってえ者《もん》でな。ちょいと訊きてえことがあるんだ」

孫造は、咄嗟に浮かんだ偽名である。孫六は、胴元や賭場に出入りする連中に

名が知れると探索に都合が悪いと思って、自分の名を口にしなかったのだ。

男の顔に警戒の色が浮いた。孫六のことを岡っ引きと思ったのかもしれない。

孫六は懐から巾着《きんちゃく》を取り出し、波銭を何枚か摘《つ》まみだすと、

「おれは、御用聞きじゃァねえから安心しな」

そう言って、男の手に握らせてやった。

「へえ、それで、何が訊きてえんで」

男の顔がいくぶん和《なご》んだ。

「この寺に、榎本の旦那が顔を出すと耳にしたんだが、おめえ知ってるかい」

孫六は、榎本の名を出した。賭場のことは口にしなかったが、寺男なら承知しているはずである。

「おめえさん、榎本さまと知り合いかい」

男が訊いた。鎌はとまったままである。

「知り合いってほどじゃァねえんだが、むかし、ちょいと世話になったことがあってな。しばらく、深川にいなかったんだが、榎本さまがここに顔を出すなら、おれも覗いてみようかと思ったのよ」

孫六が遊び人らしい物言いをした。

茂次はすこし離れたところに立っていた。この場は孫六にまかせるつもりらしい。

「三月ほど前《めえ》までは来てたようだが、ちかごろは顔を見ねえなァ」

「ちかごろは来ねえのか。榎本の旦那、どうかしちまったのかな」

孫六がそれとなく訊いた。

「さァ、おれには分からねえ」

男は小首をかしげた。

「ところで、爺さん、榎本の旦那の塒を知らねえかい」

「伊勢崎町《いせざきちょう》と聞いた覚えがあるが、はっきりしねえ」

伊勢崎町は仙台堀沿いにひろがる町で、冬木町からも近かった。

「長屋かい」

「借家と聞いてるよ」

「借家か。……それで、伊勢崎町のどの辺りだい。伊勢崎町ったってひれえからなァ。探しようがねえぜ」

孫六は食い下がった。

「海辺橋の近くだと言ってたな」

「海辺橋な」

しめた、と孫六は思った。仙台堀にかかる海辺橋を渡った先の左手が伊勢崎町で、右手が西平野町《にしひらのちょう》である。海辺橋の近くなら、そうひろい範囲をまわらなくとも探し出せるだろう。

「爺さん、助かったぜ」

孫六は腰を上げた。これから、伊勢崎町へ行ってみようと思ったのだ。

竜恵寺を出た孫六と茂次は、その足で伊勢崎町へむかった。海辺橋を渡ると橋のたもとを左手に折れた。仙台堀沿いに伊勢崎町の家並がつづいている。

「あの男に、様子を聞いてみるか」

孫六は、下駄屋の店先にいた奉公人らしい男を目にして近付いた。若い男で、店の台に東下駄《あずまげた》を並べ替えている。

「ちょいと、すまねえ」

孫六が声をかけた。

「なんでしょうか」

若い男は東下駄を手にしたまま孫六に顔をむけた。物言いは丁寧だったが、顔に不審そうな色があった。孫六と後ろに立っている茂次が、ただの町人に見えなかったのかもしれない。

「この辺りに、榎本さまが住んでると聞いてきたんだがな。家はどこか、知ってるかい」

孫六が訊いた。

「榎本さま……」

男は小首をかしげた。

「牢人でな。借家住まいだ」

「ああ、榎本貞之助《さだのすけ》さまですか」

「そうだ」

榎本の名は貞之助らしい。

「この通りを二町ほど行きますと、瀬戸物屋があります。その脇の路地を入った先ですよ。……戸口ちかくに柿の木がありますから、それを目印にすると分かりますよ」

男はそう言うと、東下駄を手にしたまま孫六に背をむけた。物言いは丁寧だが、声につっけんどんなひびきがあった。

「手間をとらせたな」

孫六は店先から離れた。

ふたりは、下駄屋の奉公人に教えられたとおりに行ってみた。

瀬戸物屋の脇の細い路地に入り、一町ほど歩くと、借家らしい仕舞屋《しもたや》があった。柿の木の新緑が、陽射しをあびて燃えるようにかがやいている。

「あの家だな」

孫六が低い声で言った。

「とっつァん、どうする」

「通りすがりのふりをして、家の前を通ってみるか」

「そうだな」

ふたりは、路地を歩きだした。

家の前まで来るとゆっくりとした足取りになり、聞き耳を立てた。家のなかから物音が聞こえた。障子をあける音につづいて床板を踏むような音である。

「いるな」

孫六が茂次に身を寄せて小声で言った。

七

「あの男です！」

重松が昂《たかぶ》った声で言った。

源九郎、孫六、茂次、重松の四人は、伊勢崎町の仕舞屋が斜前に見える路地の樹陰にいた。そこから、借家の戸口を見張り、住人の榎本が出て来るのを待っていたのだ。

孫六と茂次が榎本の塒をつきとめてから二日後だった。

孫六たちは、杉山と松井を斬った三人組のひとりと思われる牢人、榎本貞之助の塒をつきとめたことを源九郎に話し、

「まだ、榎本が殺ったかどうかはっきりしねえんで」

と、言い添えると、

「それなら、重松に見てもらおう」

源九郎が言い、重松を連れてこの場に来ていたのだ。

源九郎たち四人が張り込んで一刻（二時間）ほどしたとき、玄関の引き戸があいて、牢人がひとり姿を見せた。

面長で鼻梁《びりょう》が高く、目の細い男だった。総髪で、小袖と袴姿だった。大刀を一本落とし差しにしている。

「どうだ、重松、まちがいないか」

源九郎が念を押すように訊いた。

「まちがいありません。顔を見ませんでしたが、体付きに見覚えがあります」

重松が言った。

「そうか」

牢人は中背だった。肩幅がひろく、胸が厚い。源九郎が聞いていた体付きともあっている。

「旦那、表通りの方へ行きやすぜ」

孫六が声を殺して言った。

牢人は懐手をして、表通りの方へ歩いていく。

「捕らえたいが、いま仕掛けるわけにはいかんな」

路地には、ぽつぽつと人影があった。路地沿いの小店や表長屋も店をひらき、客がたかっている。

ここで、仕掛けて斬り合いになれば、大騒ぎになるだろう。斬らずに取り押さえるのはむずかしい。

「尾けてみるか」

源九郎は人影のない寂しい通りへ出たところで、仕掛けようと思った。

「へい」

まず、孫六と茂次が樹陰から出た。そして、源九郎と重松は、孫六たちからすこし遅れて路地に出た。

牢人の後を孫六と茂次が尾け、孫六たちの後を源九郎たちが尾けることにしたのだ。四人もで尾けたら人目を引くし、牢人が振り返れば、尾行に気付くだろう。

孫六たちは表通りへ出た。牢人は孫六たちの半町ほど先を歩いている。

源九郎たちが表通りに出て、三町ほど歩いたときだった。前を行く孫六たちが路傍に身を寄せて足をとめた。牢人に何か動きがあったらしい。

源九郎たちは足を速めて孫六に近付いた。

「孫六、どうした」

源九郎が訊いた。

「旦那、やつはそこの一膳めし屋に入《へえ》りやしたぜ」

孫六が斜向かいにある一膳めし屋を指差した。盛っている店らしく、戸口近くの飯台にも客がいるのが見てとれた。

「夕めしにしては、すこし早いな」

陽は西の空にまわっていたが、まだ陽射しは強かった。七ツ（午後四時）ごろではあるまいか。

「やつは、一杯やりに来たんですぜ」

孫六が言った。

「そのようだな。となると、店を出るのは暮れ六ツ（午後六時）過ぎであろうか。……どうだ、わしらも交替で腹ごしらえをしておいては」

源九郎は、四人もで雁首をそろえて一膳めし屋を見張ることはないと思った。

「わしと重松が、あそこにある稲荷で店を見張っていよう。先にふたりで、めしを食ってきてくれ」

源九郎は表通り沿いにあった稲荷を指差した。

まず、孫六と茂次が腹ごしらえをしてくることになった。同じ一膳めし屋に入るわけにいかなかったので、通り沿いを歩いて飲み食いできる店を探すことになるだろう。

源九郎と重松は、稲荷の境内から一膳めし屋を見張ることにした。境内といっても、祠《ほこら》のまわりに数本の樫《かし》や椿《つばき》などが枝葉を茂らせているだけである。源九郎たちは祠の前の石段に腰を下ろし、樫の葉叢《はむら》の間から一膳めし屋の店先に目をやっていた。

それから、半刻（一時間）ほどして、孫六と茂次がもどってきた。

「旦那、一膳めし屋の一町ほど先にそば屋がありやすぜ。あっしらは、そこでそばを食ってきやした」

孫六が言った。

「わしらも、そこで食ってくるか」

源九郎と重松がそばを食って稲荷にもどって来たとき、ちょうど暮れ六ツの鐘が鳴った。陽は沈み、稲荷の境内は淡い暮色につつまれている。

「そろそろ、出て来てもいいころだがな」

源九郎は、一膳めし屋の店先に目をやって言った。

表通りの店は店仕舞いを始めたらしく、遠近《おちこち》から大戸をしめる音が聞こえてきた。通りの人影もめっきりすくなくなっている。

源九郎たちが稲荷の境内にもどって小半刻（三十分）もしただろうか。

「出てきた！」

　茂次が声を上げた。

　あらためて樫の葉叢の間から店先に目をやると、牢人がひとり姿をあらわし、来た道を引き返していく。

「尾けるぞ」

　源九郎はすぐに稲荷から通りに出た。

　今度は、源九郎たち四人、離れずに牢人の跡を尾けた。通りは夕闇につつまれ、店仕舞いした軒下や天水桶の陰などに身を隠せば、牢人に気付かれる恐れがなかったのだ。

　牢人は来た道を帰り、借家ふうの仕舞屋へ入った。自分の塒にもどったのである。

「もどってくるなら、尾けまわすこたァなかったな」

　茂次がうんざりした顔で言った。

「そう言うな。わしらも、腹ごしらえをしてきたと思えばいいんだ」

八

「旦那、どうしやす」

孫六が源九郎に訊いた。

「踏み込んで、取り押さえよう」

牢人は独り暮らしのようだった。踏み込んで、取り押さえれば、家のなかで話を訊くことができるだろう。

「背戸《せど》はあるのか」

源九郎が訊いた。

「ありやす」

すでに、孫六と茂次は、この借家を探ったときに裏手にもまわって見ておいたという。

「重松、茂次とふたりで裏手にまわってくれ。……やつが出て来ても手を出すなよ。わしが駆け付けるまで、あの男の足をとめてくれればいい」

源九郎は、念のために裏手もかためることにした。ただ、牢人は手練とみなければならない。重松の腕では返り討ちに遭《あ》う恐れがあったのである。

源九郎と孫六が、表から入ることにした。もっとも孫六は、こうした闘いの戦力にはならない。源九郎がひとりで相手をすることになるだろう。

「踏み込むぞ」

源九郎が言うと、重松と茂次は足音を忍ばせて家の脇から裏手にまわった。

玄関の引き戸は、すぐにあいた。

敷居をまたぐと狭い土間になっていた。その先に板敷きの間があり、奥に障子がたててあった。障子の先は座敷になっているらしかった。

障子の向こうで、人のいる気配がした。

ただ、物音も話し声も聞こえなかった。戸口の気配をうかがっているらしい。

「榎本貞之助、いるか！」

源九郎が声を上げた。孫六から聞いていた名である。

すぐに、障子の向こうで畳を踏む音がし、ガラリ、と障子があいた。

姿を見せたのは面長で鼻梁が高く、目の細い男だった。体軀《たいく》は中背で、胸が厚い。話に聞いていた榎本の体軀である。榎本にまちがいないようだ。大川端で、菅井と源九郎が三人組に襲われたとき、菅井と闘った男の体軀にも似ていた。おそらく同一人であろう。

榎本は、左手に大刀をひっ提げていた。

「うぬは、伝兵衛長屋の華町か」

榎本の顔に驚きと戸惑うような表情が浮いた。

「いかにも」

「おれに何の用だ」

榎本は、手にした刀を腰に差した。

「おぬしに訊きたいことがあってな」

源九郎は上がり框《かまち》から板敷きの間に上がった。左手で鯉口を切り、右手で刀の柄を握っている。

「話すことなどない」

そのとき、榎本が後ろを振り返った。裏手で、引き戸をあける音が聞こえたのだ。

「逃げられんぞ。裏手もかためてある」

言いざま、源九郎は抜刀し、刀身を峰に返した。斬らずに、峰打ちに仕留めようと思ったのだ。榎本から話を聞くためである。

源九郎は低い八相に構え、足裏で床板を擂るようにして榎本に迫った。素早い動きである。

「お、おのれ！」

榎本の顔がひき攣《つ》ったようにゆがんだ。

後じさりながら刀を抜き、青眼に構えて切っ先を源九郎にむけた。その切っ先が小刻みに震えている。激しい気の昂りのせいで、体が顫《ふる》えているのだ。

源九郎は障子を肩先で押すようにしてさらにあけ、榎本の前に迫った。

イヤァッ！

突如、榎本が甲走った気合を発して斬り込んできた。青眼から低く振りかぶりざま源九郎の真っ向へ。

源九郎は右手に跳びざま、刀身を横に払った。一瞬の反応である。

榎本の切っ先が、源九郎の肩先をかすめて空を切った次の瞬間、
ドスッ、
というにぶい音がし、榎本の上体が前にかしいだ。源九郎の峰打ちが、榎本の腹を強打したのである。

榎本は前に泳ぎ、障子に肩をつっ込むような格好で障子ごと板敷きの間に倒れた。榎本はバリバリと障子を破り、四つん這いのまま板敷きの間を這って逃れよ

うとした。

「動くな！」

源九郎が榎本の首筋に切っ先を突き付けた。

榎本は上半身を起こすと、板敷きの間にへたり込んだ。顔が苦痛にゆがんでいる。

源九郎が榎本の首筋に切っ先を突き付けているところに、裏手から重松と茂次が駆けつけてきた。気合や物音を聞き、闘いが始まったとみて、表へまわってきたのだ。

「こやつが、杉山どのや松井どのを斬ったひとりか」

重松は、怒りの色をあらわにして言った。榎本の顔を見て、怒りが胸に衝き上げてきたらしい。

榎本は何も言わず、視線を膝先に落として苦しげな呻《うめ》き声を洩《も》らしている。

「榎本、おぬし、松浦藩の家臣ではあるまい」

源九郎が訊いた。

「お、おれは、牢人だ」

榎本が声をつまらせて言った。

「牢人のおまえが、なぜ、松浦藩士を尾けまわして斬ったのだ」

「か、金だ。……ひとり頭、五十両。悪くない稼ぎだ」

榎本の口元に嘲笑《ちょうしょう》が浮いたが、すぐに消え、また顔を苦しげにゆがめた。額に脂汗が浮いている。よほどの激痛らしい。

「だれに頼まれた」

「野末玄九郎《のずえげんくろう》……」

榎本は隠さずに答えた。観念したのか、それとも初めから隠す気はなかったかである。

「野末は、松浦藩の者か」

「お、おれと同じ牢人だ。……頼まれたというより、誘われたと言った方がいいな」

榎本が苦痛に耐えながら話したことによると、榎本と野末は若いころ剣術道場で同門だったという。道場は四ッ谷にある直心影流《じきしんかげりゅう》の矢沢《やざわ》道場だという。

源九郎は矢沢道場を知っていた。道場主は矢沢新十郎《しんじゅうろう》で、直心影流の道統を継ぐ男谷清一郎《おだにせいいちろう》の門下だったが、独立して四ッ谷に町道場をひらいたのである。

「野末は大柄だな」

「そ、そうだ」

「野末がおまえを誘ったのか」

大柄な牢人は、野末玄九郎という名らしい。

「……」

榎本は口をとじたままうなずいた。

「もうひとりいたな。羽織袴姿の武士だ」

源九郎が声をあらためて訊いた。

「そ、その男が、松浦藩の家臣だ」

榎本がそう言ったとき、源九郎の脇に立っていた重松が、

「何という名だ！」

と、詰《なじ》るような声で訊いた。

「な、名は、知らぬ。……野末の知り合いだ。野末はよく話していたが、おれは口をきいたこともない」

「その男、松井どのと何かかかわりがあるのか」

さらに、重松が訊いた。

「し、知らぬ」

「藩邸に住んでいたのか」

「そうらしい」

「何者だろう」

重松が口をとじたとき、

「それで、野末はどこに住んでいるのだ」

と、源九郎が訊いた。住処《すみか》さえ分かれば、捕らえることができる。

「ほ、堀川町《ほりかわちょう》の借家だと聞いたが、おれは行ったことがない」

「堀川町か」

堀川町は油堀沿いにひろがる町である。

「野末は何を生業《なりわい》にしているのだ」

牢人となれば、何かして暮らしの糧を得ているはずだった。以前から、金ずくで殺しを請け負っていたとは思えない。

「矢沢道場の師範代をしてたらしいが、いまはやめたようだ」

「師範代か。……腕が立つのは、そのせいか」

源九郎がそう言ったとき、榎本が顔を上げ、

「松浦藩には、野末より腕の立つ男がいるそうだ。……うぬら、首を洗って待っ

てるんだな」

と言って、口元に揶揄《やゆ》するような笑いを浮かべた。

「うぬらに殺しを頼んだ者か」

源九郎が訊いた。

「ちがう。おれは会ったことがない」

「そやつの名は」

源九郎が声を強くして訊いた。

「し、知らぬ」

榎本は顔の笑いを消して、視線を膝先に落とした。

「重松、何か心当たりがあるか」

源九郎が振り返って重松に顔をむけた。いずれにしろ、松浦藩士ではないかと思ったのだ。

振り返ったとき、源九郎が榎本の首筋に当てていた刀の切っ先が脇へ下がった。

と、榎本が身を投げ出すようにして床に腹這いになり、板敷きの間の隅に落ちていた己の刀を手にした。

バッ、と跳ね起きた。

榎本の目がつり上がり、歯を食いしばっていた。腹の激痛に耐えているらしい。

咄嗟に、源九郎は榎本に体をむけ、刀身を八相に構えた。

キエィッ！

猿声のような気合を発し、榎本が斬り込んできた。

袈裟《けさ》へ。

間一髪、源九郎は脇に跳んでかわしざま、刀身を水平に払った。一瞬の反応である。

ピッ、と榎本の首筋から血が飛んだ。

次の瞬間、首筋から血が勢いよく噴いた。源九郎の切っ先が、榎本の首の血管《ちくだ》を斬ったのだ。

榎本は血を撒《ま》きながら前につっ込み、框から土間に転げ落ちた。

榎本の体が、ビクンと土間ではずんだ。

腹這いになった榎本は這うように手足を動かしたが、首をもたげられなかった。首筋からの噴出した血が、土間をたたいている。

いっときすると、榎本は動かなくなった。

「死んだ……」

源九郎は、血刀をひっ提げたままつぶやくような声で言った。

第四章　待ち伏せ

一

「おふたりのお蔭で、いい稽古ができました」

　島田が、顔をほころばせて言った。

　この日、源九郎、菅井、佐々木の三人は、島田道場に来て門弟たちの稽古にくわわった。島田から源九郎と菅井に、道場の門弟たちにも稽古をつけてください、と頼まれたからである。

　菅井は門弟たちとの稽古が済んだ後、道場を借りて居合の稽古をするつもりで佐々木も同行してきたのだ。

　午後の稽古を終えた後、源九郎たちは母屋の居間で茶菓を馳走になり、これから長屋に帰るところだった。

まだ、暮れ六ッ（午後六時）前だったが、座敷は夕暮れ時のように薄暗かった。空が厚い雲でおおわれているせいらしい。

「久し振りで、いい汗をかかせてもらったよ」

源九郎は、笑みを浮かべて言った。まだ、稽古の後の熱《ほて》りが体に残っていた。いくぶん気も高揚しているようである。

「門弟たちも喜んでいました。また、お願いします」

このところ、島田道場では門弟たちが増え、稽古は盛況だった。ただ、松浦藩の家臣は、道場の稽古を休んでいた。富永や小山をはじめ数人の門弟がいたが、杉山たちが斬殺された一連の事件の始末がつくまで、道場に通うことをやめていたのだ。藩邸での稽古があったし、道場の行き帰りに襲われることを懸念したのである。

「また、来よう」

そう言い置いて、源九郎たちは道場の戸口から離れた。

本所、横網町の町筋は、いつもよりひっそりしていた。曇天のせいらしい。人影もすくなく、辺りは薄暗かった。気の早い店は表戸をしめ始めたらしく、戸をしめる音があちこちで聞こえてきた。

通りを歩きながら、源九郎が、

「佐々木、だいぶ腕を上げたな」

と、声をかけた。まだ、刀を抜くのは遅かったが、居合の抜刀の身構えがだいぶしっかりしてきたのだ。はぐれ長屋の裏手の空き地で、菅井に指南してもらっている成果がでてきたようである。

「まだ、まだです。もうすこし速く抜けるようにならないと……」

佐々木が小声で言った。

「まだ、佐々木は抜刀も体捌《たいさば》きもなっていない」

菅井が、いつものように渋い顔をして言った。

だが、辛口とは裏腹に、目には満足そうな色があった。菅井は愛弟子を可愛がっていた。佐々木は熱心に稽古に取り組んだし、菅井を師匠として立てたからである。それに、肉親のいない菅井は、若い佐々木を己の弟のように思うところがあった。ちかごろは、朝めしや夕めしもいっしょで、傍目《はため》には家族のような暮らしをしているように見える。菅井は、源九郎の部屋にもあまり顔を見せなくなった。

そんなやり取りをしながら源九郎たちが回向院《えこういん》の裏手近くまで来たとき、暮れ六ツの鐘が鳴り始めた。ひっそりとした町筋を、鐘の音が重い余韻をひいて流れていく。

そこは回向院の裏手、元町《もとまち》の通りだった。道沿いの表店《おもてだな》は大戸をしめ、通行人の姿もまばらだった。

「おい、妙な男がいるぞ」

菅井が前方に目をやりながら低い声で言った。

店仕舞いした表店の軒下に人影があった。ふたり。いずれも武士のようだ。網《あ》代笠《じろがさ》をかぶっている。ひとりは大柄で、大刀を一本だけ落とし差しにしていた。牢人らしい。もうひとりは、羽織袴だった。軽格の御家人か江戸勤番の武士であろうか。

「おい、あのふたり、大川端で、おれたちを襲ったやつらではないか」

菅井が顔をけわしくして言った。

「そのようだ」

源九郎も、ふたりの体軀《たいく》に見覚えがあった。

「待ち伏せか！」

菅井の歩調が遅くなった。

「妙だな」

源九郎は、ふたりで待ち伏せしているとは思えなかった。大川端で源九郎と菅井を襲ったとき、榎本をくわえて三人だった。しかも、三人で襲って、後れをとって逃げたのである。それを、今度はふたりだけで仕掛けてくるはずはないだろう。

「何か、たくらんでいるかもしれんな」

源九郎は足をとめなかった。何をたくらんでいようと、ひとまず相手はふたりである。それに、はぐれ長屋へ行くにはこの道を通らねばならない。

「ちょうどいい。ここで、始末してくれよう」

菅井が目をひからせて言った。

佐々木もけわしい顔をしていたが、臆した様子はなかった。菅井と源九郎がそばにいるからであろう。

ふたりの武士は、ゆっくりとした歩調で軒下から出てきた。まだ、網代笠はかぶったままである。ふたりは、源九郎たちの行く手をふさぐように道のなかほどに立った。

そのときだった。源九郎の背後で、足音が聞こえた。

「華町さま！　後ろからも」

佐々木が声を上げた。

見ると、武士がふたり小走りに近付いてくる。ふたりとも、網代笠をかぶっていた。羽織袴姿で二刀を帯びている。ふたりとも、牢人ではないようだ。

「挟み撃ちか！」

菅井が甲走った声を上げた。

源九郎は、すばやく周囲に目をやった。逃げ道を探したのである。

敵は四人。いずれも遣い手とみなければならない。佐々木は、まだあてにならなかった。源九郎と菅井のふたりでは、利がないと踏んだのである。

だが、逃げ道はなかった。道の両側は表店が軒を並べ、どの店も大戸をしめていた。近くに走り込めるような路地もない。四人の武士は、逃げ道のないこの場を選んで、仕掛けてきたようだ。

「店を背にしろ！」

声を上げざま、源九郎は右手にあった大店《おおだな》の軒下に走った。背後にまわられるのを防ごうとしたのである。

菅井と佐々木も、大店を背にして立った。源九郎と菅井が左右に動き、佐々木をなかにして刀がふるえるだけの間をとった。

そこに、四人の武士がバラバラと駆け寄ってきた。いずれも、身辺に殺気がある。

四人は、源九郎たちを取りかこむように立った。

二

「華町源九郎は、おぬしか」

源九郎と相対した男が誰何《すいか》した。網代笠はかぶったままだった。頤《おとがい》が張り、首が太い。男は中背で、ずんぐりした体をしていた。胸と腰の辺りが、太くどっしりとしている。いわゆる、筒胴《つつどう》と呼ばれる体付きである。

その体軀に見覚えはなかった。顔が見えないので分からないが、壮年であろうか。

「いかにも。……おぬしの名は」

源九郎が訊《き》いた。男は、源九郎のことを知っているようである。

「名乗るわけにはいかぬ」

男がくぐもった声で言った。

「松浦藩の者か」

牢人でなければ、松浦藩の家臣であろう、と源九郎はみた。

「さて、どうかな」

「それで、わしたちに何の用だ」

「松浦藩から手を引け！」

男の声に、強い響きがくわわった。

「断る！」

源九郎が声を上げた。やはり、松浦藩の家臣のようだ。

そのとき、源九郎の右手にいた佐々木が、

「何者だ！」

と、甲走った声で誰何した。

すると、源九郎と対峙していた男が佐々木に顔をむけ、

「おまえは、松浦藩の家臣のようだが、島田道場の門弟か」

と、訊いた。

「おれは、ここにおられる菅井さまに居合の指南を受けている者だ」

「なに、菅井から指南を受けているだと！」

男が驚いたように言った。

「いかにも」

「聞くところによると、菅井は大道で居合抜きの芸を観せているそうではないか。松浦藩の家臣でありながら、そのような者の弟子か。恥を知れ！」

男の声に怒りのひびきがくわわった。

「なに！」

菅井の顔がひき攣《つ》った。

細い目がつり上がり、顔が怒りで赭黒《あかぐろ》く染まっている。夜叉《やしゃ》を思わせるような憤怒の形相である。

「ならば、大道芸の居合を受けてみろ！」

菅井は歯を剝《む》き出し、怒りに身を顫《ふる》わせて男の前に出ようとした。すでに、右手で柄《つか》を握り、抜刀の構えを見せている。

「菅井、気を鎮めろ！」

源九郎が声を強くして言った。

怒りは身を硬くする。居合は一瞬の抜きつけの迅《はや》さが命である。身が硬くなっていては、俊敏な動きができないのだ。

「オオッ！」

菅井は吼《ほ》えるような声を上げ、フー、とひとつ大きく息を吐いた。己の怒りを鎮めたのである。

そのとき、菅井のそばにいた大柄な牢人が、すばやく菅井の前にまわり込み、

「おまえの相手は、おれだ」

と言って、かぶっていた菅笠をとって路傍に捨てた。笠をかぶったままでは、刀が存分にふるえないと思ったのであろう。

牢人は赤ら顔で、髭が濃かった。眼光の鋭い男である。

「おぬし、野末だな」

菅井が大柄な牢人を見すえて訊いた。菅井は源九郎から野末の名を聞いていたのである。

「……！」

牢人は、無言だったが、その顔に狼狽《ろうばい》の色が浮いた。まさか、名を知られているとは思わなかったのだろう。

「やはり、野末だな」

「名を知られたからには、生かしておけんな」

野末は抜刀し、青眼に構えて切っ先を菅井にむけた。

源九郎と対峙していた中背の男が抜刀した。

ゆっくりとした動きで八相に構え、両肘《りょうひじ》を高くとった。切っ先を後ろにむけ、刀身をやや寝かせている。網代笠を意識した構えであろうか。それとも、この男独特の八相の構えなのか。八相は木の構えともいわれているが、まさに、どっしりと腰の据わった大樹のような大きな構えだった。

源九郎は青眼に構え、刀身をすこし上げて切っ先を敵の左眼につけた。八相の構えに対応したのだ。

……こやつ、できる！

と、源九郎は察知した。

中背の男の全身に気勢が満ち、巨岩が迫ってくるような威圧があった。

源九郎の全身に何かで貫かれたような感覚がはしり、鳥肌が立った。剣の遣い手と対峙したときに覚える恐怖と怯《おび》えである。

だが、鳥肌はすぐに消えた。源九郎の剣客としての闘気が、恐怖や怯えに勝ったのである。

源九郎は、すばやく他のふたりの敵にも目をやった。ひとりは、源九郎の左手前方にいた。長身の男だった。刀を青眼に構えている。この男も遣い手らしかった。ただ、やや間合が遠い。この場は、中背の男にまかせる気なのかもしれない。

もうひとりは、中背で痩身だった。青眼に構えて、切っ先を佐々木にむけている。この男も遣い手のようだ。構えに隙がなかった。

対する佐々木は、右手を柄に添えて居合の抜刀体勢をとっていた。だが、顔がこわばり、腰が高かった。まだ、居合で闘えるほどの腕ではないのだ。

……佐々木は後れをとる！

と、源九郎はみてとった。

だが、助けに行けなかった。正面に対峙している男が、趾《あしゆび》を這《は》うようにさせて間合をつめてきたのだ。

源九郎は菅井に目をやった。菅井も大柄な男を相手にして、佐々木を助けに行けないようだ。

……早く、勝負を決せねば！

と、源九郎は思った。

佐々木が斬られる前に、対峙した男と勝負を決するのである。

つッ、つッ、と源九郎は爪先で地面を摺《す》るようにして間合をつめ始めた。自分から仕掛けようと思ったのだ。

対峙した男も、ジリジリと身を寄せてくる。

ふたりの間合がせばまるにつれ、剣気と斬撃《ざんげき》の気配が高まってきた。

三

……このままでは、佐々木が斬られる！

と、菅井はみてとった。だが、助けにいけない。

菅井と野末との間合は、およそ三間半。まだ、居合の抜刀の間合からは遠かった。

菅井は居合腰に沈め、右手を柄に添えて抜刀体勢をとったまま、足裏を摺るようにして間合を狭め始めた。

早く勝負を決して、佐々木を助けにいきたかったのだ。

野末は、動かなかった。青眼に構え、切っ先を菅井の喉元につけている。隙のないどっしりとした構えである。

間合がつまるにつれ、菅井の全身に斬撃の気が高まってきた。ジリジリと居合の抜きつけの一刀をはなつ間合に迫っていく。

菅井が斬撃の間境の半歩手前にきたとき、
イヤアッ！

突如、野末が裂帛《れっぱく》の気合を発した。

気当《きあて》である。野末は激しい気合を発して、菅井を動揺させ、寄り身をとめようとしたのだ。

だが、菅井は寄り身をとめず、グイと居合の抜きつけの間に踏み込んだ。

タアッ！

鋭い気合と同時に、菅井の体が躍動し、腰元から閃光《せんこう》がはしった。

迅い！

菅井の切っ先が、逆袈裟《ぎやくげさ》に野末の脇腹を襲う。

咄嗟《とっさ》に、野末は体を引きながら青眼から袈裟に斬り込んだ。

バサッ、と野末の右袖が裂け、あらわになった二の腕に血の線がはしった。一瞬遅れて、野末の切っ先が、空を切って流れた。

次の瞬間、野末が後ろに跳んだ。大柄な体にしては、敏捷《びんしょう》な動きである。

大きく間合をとった野末は、ふたたび青眼に構えた。右の二の腕が赤く染まっている。ただ、深手ではないようだった。青眼に構えた切っ先が、菅井の喉元にむけられている。

「居合が抜いたな」

野末の顔が赤みを帯び、双眸《そうぼう》が炯々《けいけい》とひかっている。血を見たことで、気が昂《たかぶ》っているようだ。

菅井は、すばやく脇構えにとった。納刀する間がなかったので、居合の抜刀の呼吸で逆袈裟に斬り上げるのである。

「いくぞ！」

今度は、野末が間合をつめ始めた。菅井が抜刀したので、居合の威力は失《う》せたとみたようだ。

そのときだった。

佐々木が、絶叫を上げて身をのけ反らせた。痩身の男の斬撃を浴びたのである。佐々木は後ろによろめき、背中を大店の板戸に当てて立ちどまった。恐怖で顔がひき攣っている。着物の肩から胸にかけて、赤く染まっていた。

突如、菅井が、

「佐々木！」

と、絶叫し、脇構えのまま疾走して野末に迫った。

佐々木が斬られたのを目にしたのだ。菅井は目をつり上げ、歯をむき出してい る。凄《すさ》まじい形相だった。

一瞬、野末の動きがとまり、剣尖《けんせん》が浮いた。菅井の突然の仕掛けに驚いたのである。

イヤアッ！

菅井が裂帛の気合を発して斬り込んだ。牽制も気攻めもなかった。いきなり、走り寄りざま逆袈裟に斬り上げたのだ。

野末の袴が斜に裂けた。

次の瞬間、野末は後ろへ跳んだ。

菅井は野末にかまわず、佐々木を斬った痩身の男にむかって走った。すでに、八相に構えている。

痩身の男が驚いたような顔をして、後ろへ逃げた。

菅井は追いすがりざま斬り込んだ。

八相から袈裟へ、たたきつけるような斬撃だった。

男は咄嗟に刀身を振り上げて菅井の斬撃を受けた。体が反応したらしい。

キーン、という甲高い金属音がひびき、青火が散って、ふたりの刀身が合致した。次の瞬間、よろっ、と痩身の男がよろめいた。菅井の強い斬撃を受けて、腰がくだけたのである。

すかさず、菅井が二の太刀をふるった。

袈裟へ。一瞬の太刀捌きである。

バサッ、と網代笠が裂け、鬢《びん》をつけたまま皮膚の一部が削げ、片耳がぶら下がった。菅井の切っ先がとらえたのだ。

ギャッ！

と絶叫を上げて、痩身の男がよろめいた。

血が噴いた。

出血が、赤い布でおおうように男の半顔を染めていく。

そのとき、通りの先で、「斬り合いだ！」「華町の旦那だ」「菅井の旦那もいるぞ」などという男たちの叫び声が聞こえた。数人の大工らしい男が横網町の方から来て、源九郎たちの斬り合いを目にしたのだ。そのなかに、はぐれ長屋の伸助という手間賃稼ぎの大工がいて、源九郎と菅井の名を叫んだのだ。

男たちが、甲走った叫び声を上げながらばらばらと走ってきた。手を出すつもりはなかっただろうが、何とか助けようと思ったのかもしれない。

「引け！」

源九郎と対峙していた中背の男が、後じさって声を上げた。この男が頭格らしい。

すでに、源九郎と中背の男は一合していた。源九郎の着物の肩先が裂け、中背の男は右袖を斬られていた。だが、ふたりとも傷を負った様子はなかった。斬られたのは着物だけらしい。

中背の男は、源九郎との間があくと、

「華町、勝負はあずけた」

と、言い残し、反転して駆けだした。

つづいて、野末と長身の男が中背の男の後を追って走りだした。菅井に顔を斬られた男も、よろめきながら逃げていく。

源九郎と菅井は、逃げる四人に目もくれなかった。

「佐々木！」

叫びざま、菅井が大店の軒下にへたり込んでいる佐々木のそばに駆け寄った。源九郎がつづく。

佐々木の顔は、血の気がなかった。苦しそうに顔をゆがめている。肩口から胸にかけて着物がどっぷりと血を吸い、蘇芳色《すおういろ》に染まっていた。

出血が激しい。肩の傷口から血がほとばしり出ている。

「し、しっかりしろ！　佐々木」

菅井の声が震えた。顔も蒼ざめている。

源九郎はすばやく懐から手ぬぐいを取り出すと、折り畳んで、佐々木の肩口へ当てがった。すこしでも、出血を抑えようとしたのである。

そこへ、伸助たちが駆け寄ってきた。五人いた。いずれも大工らしい。仕事帰りに一杯ひっかけたらしく、顔が赭黒く染まっている。その顔が、佐々木の傷を見てこわばった。深手とみたのであろう。

「みんな手を貸せ」

源九郎が言った。

「へい」

「伝兵衛店に走って、晒《さらし》、古い浴衣、それに、戸板だ。……掻《か》き集めて、ここに持ってきてくれ」

急げ！　と、源九郎が声を上げた。この場でできる手当てをしてから、佐々木をはぐれ長屋に運ぶのである。

「へ、へい」

伸助が飛び出すような勢いで走りだし、他の四人も後を追った。

四

戸板に乗せて運ばれてきた佐々木は、はぐれ長屋の自分の家に横になった。顔色が悪かった。土気色をしている。

座敷には源九郎と菅井をはじめ、佐々木を運んできた伸助たち、それに孫六、茂次、三太郎などが集まっていた。いずれの顔もこわばっている。また、土間や戸口には、お熊、おとよ、おまつなど、長屋の女房連中の心配そうな顔もあった。

「茂次、東庵《とうあん》先生を呼んできてくれ」

源九郎が声をかけた。

東庵は相生町に住む町医者だった。銭のない長屋の住人も診《み》てくれるので、はぐれ長屋の者たちは、怪我や病気のおりに東庵を頼むことが多かった。

「へい」

茂次が立ち上がり、戸口から走り出た。

「しっかりしろ、佐々木。いま、東庵先生が来てくれるぞ」

菅井が枕元に座し、佐々木の顔を覗き込みながら言った。

菅井は顎がしゃくれ、肉をえぐりとったように頰がこけ、前髪が額に垂れていた。その般若《はんにゃ》のような顔が心配そうに曇り、佐々木にむけられた目には愛弟子を気遣う色があった。

「お、お師匠、かすり傷です。……だ、大事ありません」

佐々木が苦笑いを浮かべて言ったが、すぐに笑いは消えて、苦しげな息を洩《も》らした。

肩口からの出血が、傷口に巻いた晒を赤く染めている。晒は源九郎が出血をすこしでもとめるために応急的に処置したものだ。

源九郎たちは、横たわった佐々木に目をむけたまま口をつぐんだ。いまは、東庵の来るのを待つしかなかった。

「華町の旦那、あたしらにできることはないかい」

戸口にいるお熊が、小声で訊いた。

「そうだな。……手桶にな、井戸から水を汲んでおいてくれ。それに、酒……。晒もいるかもしれん。長屋をまわって、集めておいてくれんか」

源九郎は、東庵が傷の手当てのおりに使う物を支度しておこうと思ったのである。

「分かったよ」

お熊たちは戸口から出ると、下駄を鳴らして長屋中に散っていった。

女房連中が長屋から酒や晒などを掻き集めてきて間もなく、茂次が東庵を連れてきた。東庵は黒鴨《くろがも》（供の男）を連れていなかった。薬箱は、茂次が持っている。黒鴨を連れずに、急いで来たのであろう。

東庵は座敷に上がると、

「どれ、見せてみろ」

と言って、すぐに寝ている佐々木の脇に膝を折った。

東庵は小桶の水で手を洗った後、源九郎が巻いておいた晒を鋏《はさみ》で切り、そっとはずした。

傷口から血が迸《ほとばし》り出ていた。肩から胸にかけて深く裂け、傷口がひらいている。

「すぐに、血をとめねば……」

東庵は、用意してあった晒を折り畳み、薬箱から金創膏《きんそうこう》を取りだしたっぷりと塗ると、傷口にあてがい、掌《て》で押さえた後、

「華町どの、菅井どの、手を貸してくだされ」

と言って、源九郎と菅井を佐々木の両側に位置させた。

「そっと、佐々木どのの身を起こして」

東庵が言い、源九郎と菅井が佐々木の背に手を差し入れて、傷口を動かさないようにして上体を起こした。

「晒を巻くのだ」

東庵は源九郎と菅井の手を借り、晒を佐々木の肩から腋に何度もまわして強く縛った。

ふたたび、佐々木を寝かせた後、

「傷を動かさぬようにな。静かに寝ているのが、大事じゃ」

そう言って、東庵は血で汚れた手を小桶の水で洗い、

「いまは、これしか手当ての仕様がないな」

と小声で言い置いて、腰を上げた。

茂次が、薬箱を持って跟《つ》いていく。

源九郎と菅井は立ち上がり、東庵を見送るために座敷を出た。

戸口を出て長屋の女房連中からすこし離れたとき、

「東庵先生、佐々木の具合は」

と、菅井が心配そうな顔で訊いた。

「今夜が、やまじゃな」

東庵はけわしい顔で言い置くと、夜陰のなかへ去っていった。

佐々木の家にもどった源九郎は、土間や戸口に立っている女房連中に、

「今夜は、ひきとってくれ。……なに、東庵先生に診てもらったのだ。心配あるまい」

と、声をかけた。今夜のところは、女房連中に頼むこともなかったのである。

お熊をはじめ、その場に集まっていた女房たちは心配そうな顔をしたまま、ひとりふたりと戸口から出ていった。

佐々木の家に残ったのは、源九郎、菅井、孫六、三太郎の四人だった。四人は佐々木の枕元に座して、佐々木に目をやっている。

「……も、もうしわけありません。それがしのために、こんなにしてもらって」

佐々木が声を震わせて言い、首をひねって源九郎たちに視線をまわそうとした。

「佐々木、動くな」

菅井が声をきつくして言った。いまは、安静にしていることがなにより大事なのである。

「そうだな、いまは、ゆっくり寝ることだな」

と、源九郎。

「佐々木、すこし、眠れ」

菅井が妙にやさしい声で言った。

「は、はい……」

佐々木は目をとじた。

行灯《あんどん》の灯《ひ》に浮かび上がった佐々木の顔は土気色をし、白蠟《はくろう》を思わせるようににぶくひかっていた。弾むような息の音が聞こえた。すこし息が乱れている。

「わしと、菅井とで、ここにいる。孫六と三太郎は、家にもどったらどうだ」

源九郎が言った。

「もうすこし、いっしょにいやす」

孫六が小声で言うと、三太郎もうなずいた。

「そうか」

源九郎はそれ以上言わなかった。

それから半刻（一時間）ほど経っただろうか。茂次がもどってきて、孫六の脇に膝を折った。

その音で佐々木が目をあけ、菅井に視線をむけて、

「お、お師匠、もうすこし速く抜ければ、よかったんですが……」

と、苦しそうな顔をして言った。

「い、いや、だいぶ速くなった。わずかな間に腕を上げたと、おれは感心しているのだ」

そう言って、菅井が声をつまらせた。

「……まだまだです」

「佐々木、傷が治ったら、また稽古をするぞ。……ともかく、いまは目をとじて眠れ」

「は、はい……」

佐々木は、ふたたび目をとじた。

座敷のなかは、深い静寂《しじま》につつまれていた。源九郎たち五人は、黙したまま佐々木に目をやっていた。行灯の灯が、座した五人の姿を浮かび上がらせていた。ぼんやりとした影が、粗壁まで伸びている。

佐々木は眠ったのだろうか。ときおり苦しげに顔をしかめたが、目をあけることなく、横になっていた。弾むような息の音だけが、妙に大きく聞こえた。

深々と夜が更けていく。源九郎たちは、ときおり動いて背筋を伸ばしたりしたが、話もしなかった。五人とも、夕めしを食っていなかったが、腹がへったと言い出す者はいなかった。

五人の胸の内には、

……佐々木は、明日までもたないかもしれない。

との思いがあり、その場を離れられなかったのである。

何刻《なんどき》ごろであろうか。源九郎たちには、時間がどれほど経ったのか分からなくなっていた。

しだいに、佐々木の息が乱れて荒くなった。顔が紙のように蒼ざめている。ときおり、首を動かし、苦しげに顔をゆがめた。額にうっすらと脂汗をかいている。

ふいに、佐々木が顎を突き上げるようにして、グッと喉のつまったような呻《うめ》き声を上げた。

佐々木が目をあけ、苦悶《くもん》するように顔をゆがめた。そして、何かを探すように視線をさまよわせた。

「佐々木、どうした」

菅井が身を乗り出すようにして訊いた。

その声が分かったのか、佐々木は菅井に顔をむけ、

「お、お師匠……」

と、声を洩らし、さらに何か言おうとしたが、また、喉のつまったような呻き声を上げ、背を反らせるようにして顎を突き上げた。

佐々木の全身が激しく顫え、ふいに、突き上げた顎が落ちた。佐々木の体から力が抜けてぐったりとなり、息の音が聞こえなくなった。苦しげな表情が消え、眠っているように目をとじている。

「佐々木！　佐々木」

菅井が、佐々木の手を握って悲痛な声で呼んだ。般若のような顔が、いまにも

泣きだしそうにゆがんでいる。

「死んだ……」

源九郎がつぶやくように言った。

茂次、孫六、三太郎の三人は肩を落とし、身を硬くして虚空に目をやっている。

五
「きゃつら、四人を斬る!」

菅井が、怒りに目をつり上げて言った。

島田道場だった。島田、源九郎、茂次、孫六、三太郎、それに松浦藩士の富永と小山の姿があった。

佐々木が斬殺されて四日経っていた。この間、佐々木の遺体は、はぐれ長屋から松浦藩の上屋敷に運ばれた後、藩の手で埋葬されていた。

佐々木の遺体が埋葬された後、源九郎と菅井は今後どうするか島田と相談し、ともかく道場に集まろうということになったのである。

「わしも、四人をこのままにしてはおけぬ」

源九郎の声にも強い怒りのひびきがあった。

「われらも、同じ思いでござる。四人は、ご家老を襲った一味ではないかとみているが……」

富永が言った。

「ひとりは、分かっている。牢人の野末玄九郎だ」

源九郎は、野末が四ッ谷の直心影流の矢沢道場に通っていたことを言い添えた。

「矢沢道場か。そう言えば、茂木が矢沢道場に通っていたと話していたのを聞いた覚えがある」

富永が源九郎に目をむけて言った。

「茂木という御仁《ごじん》は、東軍流を遣うと聞いていたが」

茂木は藩邸での稽古のおり、菅井に立ち合いを挑んだ男である。

「東軍流を遣うが、江戸には東軍流の道場がないので、四ッ谷の道場に通っていたと聞いている。ただ、いまはやめているようだが」

「うむ……」

源九郎は、茂木と野末がつながっているような気がした。

茂木は、島田が松浦藩の剣術指南であることに反感をもっている家臣のひとりである。その茂木と野末がつながっているとなると、茂木も源九郎たちを襲った武士の仲間とみていいのかもしれない。ただ、茂木は大柄だったが、襲った四人には、野末の他に大柄な男はいなかった。

「野末のほかは、三人とも松浦藩の家臣とみているが、そこもとたちに思いあたる者はおらぬか」

源九郎は、三人とも幕臣ではないとみていた。そうなると、松浦藩の者しか考えられないのだ。

「われらも、家中の者とみているが、三人の体の特徴などが分かれば、何者かつかめるかもしれません」

小山が訊いた。

源九郎と菅井が三人の体付きを話した後、

「わしと立ち合った男は、ずんぐりした体軀でな、どっしりした腰をしておった。それに、遣い手だ。茂木より上かもしれんな」

と、源九郎が言い添えた。

「その男、笹子右京之助かもしれない。体付きが似ているようだし、江戸勤番の家中のなかに、茂木より腕がたつとなれば、笹子くらいしかいないのだ」

富永が笹子と茂木を呼び捨てにした。ふたりが、杉山や佐々木を斬った一味とみたからであろう。

「笹子というと、剣術指南役を狙っていたという男だな。たしか、笹子も東軍流で、茂木はその弟子だったと聞いているが」

源九郎が言った。

「そのとおりです」

「うむ……」

源九郎は、敵のつながりが見えてきたような気がした。

剣術指南のために藩邸に出入りする島田、源九郎、菅井に、反感をもつ東軍流の笹子と茂木。それに、四ッ谷の矢沢道場をとおしてつながった野末と榎本。その四人が中核となり、島田道場に通う松浦藩の家臣や源九郎たちの命を狙ったのではあるまいか。

……だが、それだけではない。

と、源九郎は思った。自分たちが、指南役になるために邪魔ならば、真っ先に島田を狙っていいのだ。ところが、島田道場に通う藩士や源九郎たちを狙ったのである。

源九郎がそのことを話すと、

「裏で、用人の小出が指図しているのかもしれない」

富永が声を低くして言った。富永は、上役の小出までも呼び捨てにした。それだけ、佐々木や杉山たちを斬った者たちに強い怒りを持ったのであろう。

「小出の指図か」

菅井が訊いた。

「推測だが、そうとしか思えないのだ。笹子が剣術指南役になるには、どうあっても、小出が江戸家老に就かねばならないからな。そのためには、ご家老の一柳さまを亡き者にせねばならないのだ」

「うむ……」

源九郎は富永の言うとおりだと思った。笹子たち一党は、駕籠《かご》で中屋敷にむかった一柳を襲ったのである。

「ご家老を亡き者にせんがために家中の者が襲ったと分かれば、まず小出が疑われるはずだ。そうならぬように、牢人で腕の立つ野末と榎本を仲間に引き入れたのではないかな」

富永が言い添えた。

「わしも、そう思う」

さすが、富永は徒目付《かちめつけ》だけはある、と源九郎は思った。

「それに、お師匠を真っ先に狙えば、笹子が指南役にならんがために襲ったと、すぐ気付かれる」

「まさに、そうだ」

島田を狙えば、家中の者たちは笹子たちに疑いの目をむけるだろう。

「小出や笹子たちは、まず島田道場に通うわれらや華町どのたちの命を奪う策をたてたのではあるまいか。……島田道場の力を削ぐとともに、師範代の立場にある華町どのたちを亡き者にしておいて、さらに機会を狙ってご家老を襲うつもりでいるとみてますが」

富永が一同に視線をまわして言った。

「どうやら、敵の黒幕が見えてきたな」

源九郎が言うと、そこに居合わせた男たちがうなずいた。笹子たち一党を背後であやつっている黒幕は、小出らしい。

「だが、確かな証《あかし》は何もない。われらの憶測だけなのだ」

富永が言い添えた。

「そうだな」

いまのところ小出が黒幕である証はなにもなかった。小出が、そのようなことは知らぬとつっ撥《ぱ》ねれば、追及のしようがないだろう。

次に口をひらく者がなく、その場が沈黙につつまれたとき、

「ところで、富永どの」

菅井がけわしい顔で言った。

「おれは、佐々木を斬った男の片耳を削ぎ落とした。鬢もすこし斬り取ったはずだ。松浦藩の家中の者なら、すぐに知れると思うが」

「承知した。すぐに、つきとめよう」

富永が言うと、小山もうなずいた。

「そやつの正体が知れたら、捕らえる前におれに知らせてくれ」

菅井が声を強くして言った。

「斬るつもりか」

「そうだ。なんとしても、佐々木の敵を討ってやりたい」

そう言って、菅井が虚空を睨《にら》むように見すえた。

「われらとしては、その者を捕らえて口を割らせたいのだが」

その男から話を訊けば、一党の全貌が分かるし、口上書《こうじようがき》をとれば一党の罪状をはっきりさせることもできる、と富永が言い添えた。

「口を割らせてからでもかまわん。とにかく、おれに斬らせてくれ」

菅井が、怒りの色をあらわにして言った。

六

菅井が片耳を斬り落とした男は、すぐに知れた。

源九郎たちが、島田道場に集まって相談した三日後だった。はぐれ長屋の源九郎の許に太田安之助が姿を見せ、

「お師匠が、華町どのと菅井どのにすぐ来てほしいそうです」

と、伝えた。

源九郎は菅井に話し、島田道場に行ってみると、島田、富永、小山の三人が待っていた。

源九郎たちが道場の床に腰を下ろすとすぐ、

「菅井どの、耳を斬り落とした者が知れました」

と、富永が切り出した。

「やはり、松浦藩の家臣だったのだな」

「いかさま。……名は末松源之助《すえまつげんのすけ》」

「末松は、いまどこにいる」

菅井が身を乗り出すようにして訊いた。

「京橋の南紺屋町《みなみこんやちょう》。町宿に身を隠していると思われる」

富永によると、末松は佐々木が斬られた日から藩邸に出仕していないという。末松は徒士《かち》で、組頭の笹子の配下だそうだ。末松も国許にいるとき、東軍流の門下で腕はいいという。

「その町宿は、どこか分かるのか」

源九郎が訊いた。

「中ノ橋の近くの借家だそうだ。すぐに、つきとめられよう」

中ノ橋は京橋川にかかっている。

「よし、これから行こう」

菅井が立ち上がった。

「いいだろう」

すぐに源九郎が立ち、富永と小山がつづいた。

島田も腰を上げようとしたが、源九郎が、島田は道場に残ってくれ、と言って制した。相手は末松ひとりである。こちらは、四人。戦力は十分である。それに、島田は午後の稽古があるのだ。

源九郎たちが道場から出ると、陽はだいぶ高くなっていた。四ツ（午前十時）ごろであろうか。横網町の通りは、人通りが多かった。

源九郎は両国橋の方へ向かいながら、菅井がいつもの刀と違うのに気付いて、

「菅井、刀がちがうではないか」

と、訊いた。

黒鞘は黒漆塗りで、柄《つか》は茶の柄糸で諸捻巻《もろひねりまき》である。高価な拵《こしら》えではないが、遣い勝手はいいようだ。

「これは、佐々木の刀だ。これで、敵を討ってやろうと思ってな、預かっておいたのだ」

菅井が当然のことのように言った。

「そうか」

源九郎は、菅井の胸の内が分かった。佐々木の刀で末松たちを斬りたいのだろ

う。佐々木の無念を晴らしてやりたい気持ちが強いようだ。

源九郎たちは両国橋を渡ると、横山町の表通りを日本橋にむかった。日本橋を渡り、大勢の老若男女が行き交っている東海道を南にむかい、京橋を渡った。京橋のたもとを右手におれ、京橋川沿いの道をいっとき歩くと、前方に中ノ橋が見えてきた。この辺りが南紺屋町である。

「どうだ、末松の住む町宿を探すのは、腹ごしらえをしてからにしないか」

源九郎が言った。

まだ、陽は頭上にあったが、八ツ（午後二時）ちかいのではあるまいか。源九郎は朝めしに茶漬けを食っただけだったので、ひどく腹がすいていたのだ。

「そうしよう。腹が減っては、刀もふるえないからな」

菅井も承知した。

源九郎たち四人は、通り沿いにあったそば屋に入って腹ごしらえをした。

そば屋を出てから中ノ橋のたもとまで歩くと、

「さて、どうするな」

と、源九郎が訊いた。

「この近くのはずだ。近所の店で訊いてみよう」

そう言って、富永が通りの左右に目をやった。

「あの下駄屋は、どうかな」

富永が通りの先を指差した。

目の前の店から十軒ほど先に、小体《こてい》な下駄屋があった。店先に綺麗な鼻緒の下駄が並んでいる。店先で、あるじらしい小柄な男が赤い鼻緒の下駄を手にして、町娘を相手になにやら話していた。下駄を買いに立ち寄った娘であろう。

「店のあるじに訊いてみるか」

源九郎たちが足をむけたとき、町娘はあるじらしい男から下駄を受け取って店から離れていった。

店の近くまで来ると、富永が、

「それがしが、訊いてこよう」

と言って、源九郎たちをその場に残して、小走りに店先にむかった。武士が四人もで店先に立ったら、通りすがりの者の目にとまるとみたようだ。

源九郎たちは、路傍に足をとめて富永がもどってくるのを待った。

富永は下駄屋の店に入ったが、いっときすると姿を見せ、小走りに源九郎たちの許にもどってきた。

「知れたよ」

富永が息をはずませながら言った。

「この近くか」

「ここから一町ほど行くと、髪結床があるそうだ。その脇の路地を入るとすぐに、武士の住む借家があるらしい。そこが末松の住む町宿のようだ」

「行ってみよう」

源九郎たちは、京橋川沿いの道を外堀の方へむかって歩いた。

なるほど、髪結床があった。男が三人、髪を結ってもらっている。その髪結床の脇に路地があった。思ったより道幅があり、通り沿いに小店や表長屋などがつづき、人通りもすくなくなかった。長屋の女房らしい女、町娘、ぼてふり、風呂敷包みを背負った行商人らしい男などが行き交っている。

源九郎たちが路地に入って一町ほど歩くと、仕舞屋《しもたや》があった。借家らしい小体な家である。

「これだな」

菅井が目をひからせて言った。

源九郎たちは、家の戸口の脇に足をとめた。

「やけに、静かだ」

ひっそりとして、家のなかから物音も話し声も聞こえてこなかった。

「出かけたのかな」

と、富永。

「いや、出かけるはずはない。わずかだが鬢ごと肉を削ぎ、片耳を斬り落としたのだ。かなりの深手だろう。まだ、町を歩きまわるのは無理だな」

菅井が言った。

「家を覗いてみるか」

源九郎が足を忍ばせて戸口の前に立った。

源九郎は念のため、戸口に耳を寄せてみた。家のなかはひっそりとして、物音も話し声も聞こえてこなかった。

「あけるぞ」

源九郎が引き戸を引いた。

簡単にあいた。家のなかは静寂につつまれていた。人のいる気配はない。土間の先がすぐ板敷きの間になっていた。その先に、座敷があるらしく障子がたててあった。

「おい、障子を見ろ」

菅井が前を指差し、

「血だ！」

と、声を上げた。

障子に無数の黒い斑点が散っていた。飛び散った血のようだ。

源九郎たちは、すぐに板敷きの間に上がり、正面の障子をあけた。

アッ、と声を上げて、息を呑んだ。

座敷のなかほどに男が血まみれになって横たわっていた。座敷の畳は、どす黒い血に染まっている。

源九郎たちは、座敷に踏み込んだ。俯《うつぶ》せに倒れているのは武士だった。頭に晒を巻いていた。その晒も黒ずんだ血に染まっている。武士は首を斬られたらしい。激しい出血は、首の血管《ちくだ》を斬られたからであろう。

「おれが斬った男だ」

菅井が顔をこわばらせて言った。

頭に巻かれた晒は、耳を斬られた側頭部に巻かれたものである。

「末松だ……」

富永が小声で言った。

「何者が、末松を斬ったのだ」

小山が訊いた。

「口封じではないかな。……笹子たちが斬ったのだろう」

源九郎は、笹子たちが末松の口から陰謀が露見するのを恐れて始末したのだろうと思った。

「おのれ！　こうなったら、残る三人が佐々木の敵だ」

菅井が細い目をつり上げて言った。

残る三人とは、野末と笹子、それに名は分からないが長身の武士である。

第五章　怒りの一刀

一

源九郎と菅井は、四ッ谷麹町《こうじまち》に来ていた。直心影流の矢沢道場を訪ねるためである。源九郎は、道場主の矢沢に訊《き》けば、野末の居処が知れるのではないかと思ったのだ。

源九郎は矢沢を知っていた。もっとも、三年ほど前、一度話したことがあるだけである。矢沢道場の黒川《くろかわ》という門弟が、両国広小路で無頼牢人ふたりに因縁をつけられ、あわや斬り合いになるというとき、間に入ってとめたのである。黒川もなかなかの遣い手らしかったが、相手がふたりでは後れをとると源九郎はみたのだ。

その後、源九郎が所用で四ッ谷に来て、矢沢道場の前を通りかかったとき、道場から出てきた黒川が源九郎に気付いて、道場にいる矢沢に会わせたのだ。そのおり、ふたりで直心影流や源九郎が身につけた鏡新明智流などについて話したのを覚えている。

「あれが、矢沢道場だ」

源九郎が道端に足をとめて指差した。

道場は、小身の旗本や御家人などの屋敷のつづく通りの一角にあった。他の武家屋敷とちがって、建物の側面が板壁で武者窓がついている。稽古中ではないらしく、気合や竹刀《しない》を打ち合う音は聞こえなかった。

源九郎と菅井は玄関に立った。土間の先が狭い板敷きの間になっていて、その先に板戸がしめてあった。そこが道場らしい。

人がいるらしく、男の声と床板を踏む音が聞こえた。

「お頼みもうす！」

源九郎が声をかけた。

すると、話し声がやみ、すぐに戸口に近付いてくる足音が聞こえた。

正面の板戸があいて、稽古着姿の若侍が姿を見せた。頰が紅潮し、額に汗がひかっている。稽古の後、居残りで素振りか形稽古《かたげいこ》でもしていたのだろう。

「それがし、華町源九郎ともうす牢人でござる」

源九郎が名乗った。

「それがしは菅井紋太夫。おなじく牢人でござる」

と、菅井。

「して、ご用の筋は」

若侍が怪訝《けげん》な顔をして訊いた。

年寄りと総髪を肩まで垂らしたふたりの牢人を見て、剣術道場に縁のあるような者たちではないとみたのであろう。

「矢沢どのは、おられようか。鏡新明智流の華町源九郎が来たと知らせてもらえば、分かるはずだ」

華町の名だけでは思い出さないだろうとみて、鏡新明智流であることを付け足したのである。

「お待ちください」

そう言い残し、若侍はすぐに道場にもどった。

待つまでもなく、若侍はもどってきて、

「お上がりになってください。お師匠が、会われるそうです」

と言って、源九郎たちを道場へ上げた。

源九郎と菅井は、道場の奥にある畳敷きの部屋に案内された。狭い座敷だが、床の間もあった。来客用の座敷らしい。

座敷に腰を落ち着けていっときすると、障子があいて初老の男が姿を見せた。矢沢である。面長で鼻梁《びりょう》が高く、眼光が鋭い。痩身だが胸は厚く、腰がどっしりとしていた。身辺に剣の達人らしい威風がただよっている。

「おお、華町どの、お久しゅうござる」

矢沢が目を細めて言った。

「近くを通りかかりましてな。ご挨拶をと思って、寄らせていただきました」

源九郎は菅井に目をむけ、こちらは、菅井紋太夫どの、それがしの朋友《ほうゆう》でござって、田宮流居合を遣います、と紹介した。

「菅井紋太夫に、ございます。お見知りおきを」

そう言って、菅井が頭を下げた。

「ほう、居合を」

一瞬、矢沢の顔から笑みが消えたが、すぐに元の表情にもどった。剣客として、居合に関心をもったのかもしれない。

「ほんの真似事でござる」

菅井が照れたような顔をして言った。

「ところで、矢沢どの、野末玄九郎という御仁《ごじん》をご存じでござるか」

源九郎が切り出した。

「野末……」

矢沢の顔が曇った。

「矢沢どののご門下と、耳にいたしましたが」

「さよう、矢沢はこの道場の師範代をしていたのだが、いまは道場とは何のかかわりもござらぬ」

矢沢が渋い顔をして言った。野末のことをよく思っていないようだ。

「実は、ここにいる菅井どのが、野末どのに立ち合いを挑まれましてな。……まず、野末どのの腕のほどを訊いておきたいと思い、こうして訪ねてまいった次第でござる」

源九郎は、それらしい作り話をした。松浦藩のことは持ち出したくなかったのである。

「野末と立ち合いをな」

矢沢の顔がけわしくなった。

「野末どのが遣い手であることは承知しておりますが、引くに引かれぬ事情がござって、武士の一分にかけても、立ち合わねばならんのです」

菅井がもっともらしい顔をして言った。

「野末はなかなかの遣い手だ。……それに、何人も斬っているので、真剣での立ち合いには慣れていよう」

矢沢によると、野末は牢人の倅で、矢沢道場にいるときから無頼牢人ややくざ者と付き合いがあり、岡場所や賭場にも出入りしていたらしいという。

「賭場の用心棒をしたり、やくざの喧嘩にくわわったりして人を斬ったようだ。わしは、野末の武士から ぬ所業をやめさせようとして意見をしたのだが、なかなかあらたまらなかった。それで、やむなく破門したのだ」

矢沢が苦悶《くもん》の表情を浮かべて言った。

「いま、野末どのは、どこに住んでいるのかご存じでござろうか」

源九郎たちが知りたいのは、野末の住処《すみか》であった。

「はて、たしか、木挽橋《こびきばし》の近くの借家だと聞いた覚えがあるが……」

矢沢は小首をひねった。はっきりしないのかもしれない。木挽橋は三十間堀にかかる橋である。三十間堀は八丁堀から南にのびている。

「住んでいるのは、野末どのお独りかな」

野末がその借家に住んでいるのはまちがいないだろう、と源九郎はみた。矢沢が具体的に木挽橋の近くの借家だと口にしたからである。

「道場にいたころは、独り身だったが、いまはどうか分からんな」

矢沢の顔に不審の色が浮いた。源九郎たちの問いが、野末の身辺を探っているようだったからであろう。

「ところで、矢沢どの」

源九郎は別のことを訊こうと思った。

「当道場の門弟には、大名の家臣もいると聞きましたが、まことでござろうか」

「三年ほど前まではいたが、いまはおらぬ」

矢沢が言った。

「茂木彦九郎どのではござらぬか」

菅井が、茂木の名を出した。

「いかにも。よくご存じで」

「いや、野末どのといっしょにおりましたので……」

菅井は語尾を濁した。

それから、源九郎と菅井は笹子や小出のことも訊いてみたが、矢沢は知らないようだった。

「矢沢どの、お手間をとらせました」

そう言って源九郎が腰を上げると、菅井も立った。これ以上、矢沢から訊くこともなかったのである。

「菅井どの」

矢沢が立ち上がった菅井に顔をむけ、

「どうあっても、野末と立ち合われるのか」

と、訊いた。

「いかにも。やらねば、武士の一分が立ちません」

菅井は敵討ちとは言わなかった。

「存分に立ち合われるがいい。ご武運を祈っておりましょう」

矢沢が強いひびきのある声で言った。

二

すぐに、野末の塒《ねぐら》は知れた。

麹町から帰ると、源九郎と菅井ははぐれ長屋にいた茂次と孫六に事情を話し、野末の塒を探らせた。

その日のうちに、茂次たちは野末の塒をつかんできた。矢沢が口にしたとおり、野末は木挽橋の近くの借家に住んでいたのだ。

茂次たちから話を聞いた菅井は、

「よし、野末はおれが斬る」

と、強い口調で言った。顔には、強い怒りの色があった。菅井は何としても、野末を自分の手で斬りたいらしい。

「待て、菅井」

源九郎が逸《はや》る菅井を制した。

「野末を斬ってしまうと、口上書《こうじようがき》がとれなくなるぞ。野末が口を割れば、背の高い武士が何者であるかも知れる。堂本どのや富永どのは、小出や笹子が此度《こたび》の件にどうかかわっているのか、はっきりさせたいはずだ」

松浦藩士以外で事件に深くかかわっているのは、野末だけである。野末の口上書は確かな証《あかし》になるし、小出や笹子とちがって口を割るのも早いだろう。

「うむ……」

菅井が渋い顔をした。

「菅井、どうだ、野末を峰打ちでたおしたら。それに、佐々木の敵なら、襲撃のとき頭目格だった笹子を討たねばならんだろう」

四人の襲撃者のうち、末松は口封じのために殺されていた。残るのは、野末と笹子、それに長身の武士である。佐々木を斬った末松はすでに死んでいたし、次に討つとすれば笹子ではあるまいか。

「分かった。野末は峰打ちで仕留めよう」

菅井が目をひからせて言った。

翌日、源九郎と菅井は、小山をとおして富永に連絡を取り、木挽町七丁目の松《まつ》葉屋《ばや》という料理屋で会うことにした。松葉屋を指定したのは、富永だった。堂本にもくわわってもらうために、松浦藩上屋敷のある愛宕下近くの料理屋にしたらしい。

松葉屋の二階に集まったのは、源九郎、菅井、島田、久保田、堂本、富永、小山の七人である。大勢集まったのは、野末をどうするかだけでなくこれまで探ったことを知らせ合い、今後どうするか相談するためであった。

酒肴の膳がとどき、いっとき酌み交わしてから、

「野末玄九郎の所在が知れましたぞ」

源九郎が切り出し、麹町の矢沢道場からたどったこと、野末が木挽橋近くの借家に住んでいることなどを話した。

「華町どの、よくつかめましたな。われら松浦藩の者より早い」

久保田が感心したように言った。

「それで、野末をどうするか。まず、そのことを相談したい」

源九郎が言った。

「われらとしては、野末を捕らえ、笹子や小出のかかわりを吐かせたいが……。小出の陰謀をあきらかにするためにも、野末の口上書が欲しい」

堂本が、小出を呼び捨てにした。小出が一党の黒幕とみているからであろう。

「承知した」

源九郎は、野末を捕らえて富永に渡してもいいと思った。

すぐに、源九郎たちは野末を捕縛する手筈を相談した。明日の夕暮れ時に、源九郎、菅井、富永、小山の四人で向かうことになった。相手は、野末ひとりなので、四人で十分である。

ただ、源九郎は茂次と孫六は、連れていくつもりだった。野末の塒をつきとめたのはふたりだったし、塒の見張りや逃げられたときの尾行などは、茂次たちの方が巧みだったからである。

野末を捕らえる相談が済んだところで、

「そちらも、何か知れましたかな」

と、源九郎が堂本に訊いた。

「わしらからも、華町どのたちに知らせておきたいことがある」

堂本が話しだした。

まず、堂本の配下や藩の目付筋が探ったことによると、源九郎や佐々木を襲った四人のなかのひとり、長身の武士は、霧島常次郎《きりしまじょうじろう》という徒士《かち》らしいことが分かったという。

「霧島は笹子の配下のひとりなのだ。それに、藩邸内の長屋に住んでいたのだが、華町どのや佐々木を襲った夜から、藩邸にもどっていないのだ」

堂本が言い添えた。

「霧島という男の行き先は？」

菅井が訊いた。

「それが、分からんのだ。……小出が、霧島に藩邸を出て身を隠すよう指示したのかもしれん」

「それで、小出と笹子は藩邸内にいるのかな」

源九郎が訊いた。

「いる。……ただ、笹子は屋敷を出ることが多いようだ」

「行き先は？」

「上屋敷周辺の巡視とか中屋敷の警固とか、色々理由をつけているようだが、どこに行っているか、はっきりせん」

堂本が渋い顔で言うと、

「われら徒目付《かちめつけ》の者が、何度か笹子を尾《つ》けたのですが、笹子は尾けられることを予想しているらしく、いつもまかれてしまうのです。……ただ、相模屋に入ったのを一度確認しております」

と、富永が言い添えた。富永の物言いが丁寧だった。堂本と久保田が同席しているので、そうなったらしい。

「相模屋というと廻船問屋でしたな」

源九郎は、富永から相模屋が松浦藩の蔵元であり、あるじの久兵衛が小出と結託して藩庫に入るべき金を私服し、その金が小出に流れていると聞いていた。笹子が久兵衛と接触しているとなると、いまでも小出と久兵衛のかかわりはつづいているとみていいのではあるまいか。

源九郎がそのことを口にすると、

「われらも、小出と相模屋のかかわりはつづいているとみております」

と、富永が言った。

そのとき、源九郎や堂本たちのやり取りを聞いていた島田が、

「相模屋を探ってみる必要がありそうですね」

と、口をはさんだ。

「相模屋も探っておりますが、なかなか尻尾《しっぽ》を出しません」

と、富永。

「それに、笹子と霧島の他にも小出の指図で、動いている者がいるようなのだ」

堂本が三人の名を挙げた。

徒士の八代甚之助《やしろじんのすけ》、使役の杉田重吉《すぎたじゅうきち》と真鍋惣五郎《まなべそうごろう》。八代は笹子の直属の配下で、杉田と真鍋は、小出に属しているという。

「いずれにしろ、野末を捕らえて口を割らせれば、敵の様子が知れてこよう」

堂本が言い添えた。

源九郎は富永と堂本の話を聞き、

……これは、松浦藩のお家騒動だ。

と、あらためて思った。

源九郎は松浦藩のお家騒動には深くかかわらず、島田道場の門弟たちを斬った野末、笹子、霧島の三人を始末すれば、それで十分ではないかと思った。

それから、源九郎たちは、半刻（一時間）ほど飲んで腰を上げた。

「では、明日、夕暮れ時に」

源九郎は、富永に念を押して座敷を後にした。

三

陽が家並の向こうに沈みかけていた。西の空は茜色《あかねいろ》に染まっていたが、頭上の空にはまだ昼の明るさが残っている。三十間堀沿いの道は人通りが多く、表《おもて》店《だな》は商売をつづけていた。暮れ六ツ（午後六時）までには、まだ間がありそうである。

源九郎、菅井、富永、小山の四人は、三十間堀にかかる木挽橋のたもとにいた。野末の住む借家の様子を見にいった茂次と孫六が、もどるのを待っていたのである。

それからいっときし、小山が、

「来たぞ」

と言って、通り沿いの道を指差した。

見ると、茂次が小走りに近付いてくる。孫六の姿はなかった。

茂次は源九郎のそばに身を寄せると、

「華町の旦那、ふたりいやすぜ」

と、息を弾ませて言った。

「ふたりだと」

思わず、源九郎が聞き返した。

「へい、家のなかで話し声が聞こえやした」

茂次によると、家のなかの様子を窺《うかが》うつもりで、家をかこっている板塀に身を寄せて聞き耳を立てたという。すると、家のなかから男の話し声が聞こえたそうだ。

「それで、野末はいるのか」

源九郎が訊いた。

「野末がいるかどうか分からねえ。とにかく、男がふたりいることはまちげえねえ」

「孫六は?」

「とっつァんは、板塀に張り付いて見張ってまさァ」

「そうか」

源九郎は西の空に目をやった。

陽は家並の向こうに沈んでいた。まだ、上空には昼の明るさが残っていたが、樹陰や表店の軒下などには淡い夕闇が忍び寄っていた。三十間堀の水面が黒ずみ、茜色の夕焼けを映して揺れている。

そのとき、暮れ六ツの鐘が鳴り始めた。いつの間にか堀沿いの道を行き来する人もまばらになり、表戸をしめる音があちこちから聞こえだした。

「行ってみるか」

源九郎は、まだ仕掛けるのは早いと思ったが、家のなかにいる者がだれなのか踏み込む前につかみたかったのだ。

源九郎たちは、茂次の後について三十間堀沿いの道を歩いた。

半町ほど歩いたところで、茂次は足をとめ、

「その古手屋《ふるてや》の脇の路地を入《へえ》ると、すぐでさァ」

と言って、小体《こてい》な店を指差した。

古手屋の奉公人らしい男が表戸をしめていた。店仕舞いを始めたところらしい。その古手屋の脇に細い路地があった。

源九郎たちは、人目をひかないようにすこし間をとって歩いた。路地に入って間もなく、古い板塀でかこわれた借家ふうの家があった。

「そこに、とっつァんがいやすぜ」

茂次が言った。

見ると、孫六が板塀に身を張り付けるようにしてなかの様子をうかがっている。

源九郎と茂次は、足音を忍ばせて孫六に近付いた。菅井、富永、小山と後につづいた。

「どうだ、なかの様子は」

源九郎が声をひそめて孫六に訊いた。

「ふたりいやすぜ」

「だれか、分かるか」

「ひとりは、野末でさァ」

孫六によると、別のひとりが野末の名を口にしたという。

「もうひとりは、何者か知れないのだな」

「へい、笹子さまと言っていやしたから、松浦藩のご家中の方かもしれやせん」

「そうだな」

源九郎も松浦藩の者だろうと思った。

「どうする」

菅井が低い声で訊いた。

「こうなったら、ふたりとも捕らえるしかないな」

源九郎が後ろにまわった富永と小山に目をやって言うと、

「いっしょにいるのは、霧島かもしれん」

と、富永が言った。霧島は藩邸を出たまま行方知れずである。

「霧島なら、ここで捕らえたらどうだ」

野末といっしょに捕らえれば、言い逃れはできないだろうし、野末が口を割れば、霧島もしらを切れなくなるだろう。

「そうしよう」

富永が、けわしい顔をして言った。

「孫六、裏手はどうなっている」

源九郎は、迂闊《うかつ》に玄関から踏み込むと裏手から逃げられると思ったのだ。

「裏口はねえようですぜ。ただ、狭いが縁側があり、そこから外に飛び出せるかもしれねえ」

孫六によると、表の戸口の脇から縁側の前へまわれるという。

「よし、わしと富永どので、縁先にまわろう。菅井と小山どので、表の戸口から踏み込んでくれ」

「承知した」

菅井が言うと、小山もけわしい顔でうなずいた。

「華町の旦那、あっしらはどうしやす」

茂次が訊いた。

「ふたりは、家の近くに身を隠していてくれ。野末たちが家から飛び出して逃げるようなことがあったら、跡を尾けて行き先をつきとめてほしい」

「分かりやした」

「よし、行くぞ」

源九郎たちは足音を忍ばせて家の前に近付いた。家の前に板塀はなく、戸口は路地から一間ほど下がったところにあった。

戸口の板戸はしまっていた。

源九郎たちは、忍び足で戸口に近付いた。家のなかから話し声が聞こえてきた。男のくぐもった声である。ふたりで、何か話しているようだ。

見ると、戸口の脇から庭にまわれるようになっている。縁側は庭に面していた。庭といっても狭く、板塀のちかくに梅と柿が植えてあるだけである。久しく手入れがしてないらしく、雑草におおわれていた。

「菅井、わしたちは庭にまわるぞ」

源九郎は小声で菅井に伝え、富永とともに庭にまわった。

四

「おれが、野末を峰打ちにする。小山どのは、霧島を相手にしてくれ」

菅井が小声で言った。

「承知した」

そう応えたが、小山の顔はこわばっていた。緊張しているのか、肩先がかすかに震えている。

「なに、霧島は逃げようとして庭に飛び出すはずだ。庭には華町たちがいるので、まかせればいい」

菅井が、口元に薄笑いを浮かべて言った。

菅井も気が昂《たかぶ》っているらしく双眸《そうぼう》が異様にひかり、薄い唇が赤みを帯びていた。般若《はんにゃ》のような顔に凄《すご》みがある。

「行くぞ」

菅井が引き戸をあけた。

なかから聞こえていた話し声が、ハタとやんだ。野末たちが、引き戸をあける音を耳にしたのであろう。

土間の先に上がり框《かまち》があり、すぐ座敷になっていた。だれもいない。座敷の先に障子がたててあり、そこに人のいる気配があった。そこも座敷になっているようだ。

「だれだ！」

障子の向こうで声がした。

つづいて、人の立ち上がる気配がし、畳を踏む音が聞こえた。

菅井は無言のまま座敷に踏み込んだ。刀の鯉口を切り、柄《つか》に右手を添えて居合の抜刀体勢をとったまま障子に近付いた。

小山は刀を抜き、低い八相に構えたまま菅井につづいた。

ガラリ、と障子があいた。

大柄な男と長身の男が姿を見せた。野末と霧島らしい。ふたりは、左手に大刀をひっ提げていた。咄嗟《とっさ》に、近くに置いてあった刀を手にしたのであろう。

「伝兵衛店の者か！」

野末が叫んだ。

「野末、覚悟しろ！」

「やる気か」

「佐々木の敵を討ってやる」

つ、つ、と菅井は畳に足裏を摺《す》らせ、野末に迫った。居合腰に沈め、抜きつけの一刀をはなつ体勢をとっている。

「おのれ！」

野末が抜刀し、手にした鞘を足元に落とした。

一方、霧島は反転した。菅井たちとは闘わず、庭へ逃げるつもりらしい。

野末は抜いた刀を八相に構えようと刀身を振り上げた。

その一瞬の隙を、菅井がとらえ、踏み込みざま抜刀した。

キラッ、と刀身がひかり、バサッ、と障子が桟ごと横に裂けた。

迅《はや》い！

稲妻のような抜きつけの一刀だった。

咄嗟に、野末は身を引いたが間にあわなかった。

野末が体勢をくずしてよろめいた。刀が足元に落ちている。野末は刀を振り上げようとした瞬間、右の前腕を斬られて刀を取り落としたのだ。

居合は、抜きざま峰打ちにするのはむずかしい。そこで、菅井は野末の腕を斬って刀を奪おうとしたのだ。

野末は足を踏ん張って体勢をたてなおすと、落ちた刀を拾おうとして、前に踏み込んできた。

すかさず、菅井は刀身を峰に返して、二の太刀をふるった。

低い八相から腰を沈めて胴へ。一瞬の太刀捌《たちさば》きである。

ドスッ、というにぶい音がし、野末の上体が折れたように前にかしいだ。菅井の峰打ちが腹を強打したのだ。

野末は低い呻《うめ》き声を上げ、腹を押さえてその場につっ立った。顔が苦痛にゆがんでいる。菅井の一撃が、野末の肋骨《ろっこつ》を折ったのかもしれない。

「動くな!」

菅井が切っ先を野末の首筋につきつけた。

ググッ、と野末が苦しげな呻き声を上げ、その場に膝を折ってうずくまった。顔の血の気が失せ、脂汗が浮《う》いている。

そのとき、源九郎と富永は縁側を前にし、雑草におおわれた庭に立っていた。ふたりとも刀を抜き、峰に返していた。

ガラッ、と障子があいて、霧島が縁側に飛び出してきた。

霧島の足がとまり、その場につっ立った。庭に立っている源九郎と富永の姿を目にしたのである。

「霧島、逃れられんぞ！」

富永が声を上げた。

「お、おのれ！」

霧島の顔がひき攣《つ》った。恐怖と怒りがいっしょになったような顔である。

つかつかと、源九郎が縁側に近寄った。構えは八相である。

一瞬、霧島は逡巡《しゅんじゅん》するように視線を揺らしたが、抜刀すると、鞘を足元に捨てた。家のなかには引き返さず、源九郎たちと闘う気になったようだ。

霧島は縁側に立ったまま、切っ先を源九郎にむけた。青眼というより、下段にちかい低い構えである。

霧島も相応の遣い手だったが、切っ先が小刻みに震えていた。気の昂りと恐怖のためである。

源九郎は縁先に近付き、斬撃の間合に入ると、寄り身をとめた。

ふたりは縁側と庭に立って対峙した。高さがちがう。源九郎は下から見上げるような格好になった。

高所に立った方が有利に思えるが、縁側ほどの高さではそうでもない。低い位置から、ちょうど相手の脛《すね》のあたりを狙えるからだ。一方、縁側にいる者は間合が遠く感じられ、踏み込むこともできない。

源九郎が先に仕掛けた。

タアッ！

鋭い気合を発し、踏み込みざま霧島の脛を狙って刀身を横に払った。一瞬のすばやい太刀捌きである。

咄嗟に、霧島は後ろに跳んだ。

だが、源九郎の打ち込みの方が迅かった。

バサッ、と袴が音をたて、刀が食い込み、霧島がよろめいた。源九郎の峰打ちが、霧島の右の脛をとらえたのだ。

霧島は叫び声を上げながら後ろに逃げた。手にした刀は取り落としている。

すばやく、源九郎は縁側に跳び上がった。

霧島は反転して座敷に逃げ込もうとした。右足を引き摺《ず》るようにしている。

そこへ、源九郎が身を寄せ、

「動くな！」

と声を上げて、切っ先を霧島の首筋に突き付けた。

霧島は凍りついたようにつっ立ち、激痛に顔をゆがめた。強打された脛に、激痛を感じたのだろう。

「霧島、観念しろ」

富永が縁側に立って言った。

五

座敷の隅に行灯《あんどん》が点《とも》っていた。野末と霧島が身を隠していた借家の奥の座敷である。座敷には、野末と霧島のほかに、源九郎たち四人、それに茂次と孫六の姿もあった。ふたりは、源九郎に声をかけられ、家に入ったのである。

野末と霧島は後ろ手に縛られていた。源九郎はふたりを富永たちに引き渡す前に、ひととおり話を訊いておきたいと思い、座敷に連れてきたのだ。

「別々に訊いた方がいいな」

源九郎は、同じ場所でふたりを訊問するのは、むずかしいだろうと思った。お互い相手を意識して、口をひらかないはずである。

「それがしと小山で、霧島から訊きましょう」

富永も別に訊問した方がいいと思ったらしい。

富永と小山は、霧島を戸口近くの座敷に連れていった。その部屋に残ったのは、源九郎、菅井、島田、茂次、孫六の五人である。

「さて、野末、話を聞かせてもらおうか」

源九郎は、おだやかな声で口火を切った。

「う、うぬらに、話すことなどない」

野末が顔を苦痛にゆがめて言った。赤ら顔で、髭が濃い。その顔が、興奮と憤怒に震えている。多少、痛みがやわらいだのか、顔の血の気がもどっていた。

「華町、こやつを斬らせてくれ！　佐々木の敵だ」

菅井が刀の柄を握り、目をつり上げて言った。いまにも、抜刀しかねない剣幕である。半分は脅しだが、半分は本気のようだ。

「待て、待て、野末も、わしらが憎くてやったわけではあるまい」

源九郎が制した。

「華町、こやつはおれたちも襲ったのだぞ」

菅井がさらに言った。まだ、柄を握っている。

「まず、野末に訊いてみようではないか。まさか、伝兵衛店に恨みがあったわけではあるまい」

源九郎は菅井とのやり取りで、野末の気持ちをやわらげて口を割らせようとしたのである。菅井も心得ていて、うまく振る舞っている。

「野末、わしらに何か恨みがあったのか」

源九郎がおだやかな声で訊いた。

「恨みなどない」

「では、なぜ、おれたちを狙ったのだ」

「頼まれたのだ、金をもらってな」

野末の口元に自嘲《じちょう》するような笑いが浮いたが、すぐに消えた。左手で腹を押さえて、苦痛に顔をしかめた。まだ、痛みがあるらしい。

「金をもらったのは、松浦藩の笹子右京之助からだな」

源九郎は笹子の名を出した。すでに、野末と笹子のかかわりは分かっている、と野末に思わせるためである。

野末は躊躇《ちゅうちょ》する素振りを見せたが、

「……そうだ」

すぐに、笹子から金をもらったことを認めた。かたくなに、隠す気はないようだ。

「おぬしほどの腕があれば、はした金では動くまい。しかも、榎本とふたりだ。笹子が懐の金で、おぬしらを雇ったとは思えんな。……金の出所は、廻船問屋の相模屋だな」

源九郎は、相模屋の名も出した。

野末が驚いたような顔をした。まさか、相模屋のことまで、源九郎たちが知っているとは思わなかったのだろう。

「相模屋だな」

源九郎が念を押すように訊いた。

「そのようだ」

野末はあっさり認めた。もっとも、牢人の野末にとって、笹子と相模屋のかかわりなどどうでもよかったのだ。

「笹子の裏には、用人の小出がいるのだな」

源九郎は、それとなく小出のことも訊いた。

「おれは、小出さまのことは知らぬ。笹子どのから、名を聞いたことはあるがな」

どうやら、小出のことはあまり知らないらしい。

「ところで、おぬしらは、なにゆえ、わしたちや島田道場の門弟たちを狙ったのだ」

源九郎が声をあらめて訊いた。

「松浦藩の指南役になるには、うぬらが邪魔だそうだ。……笹子どのが指南役になれば、おれを松浦藩の家臣に仕官させるとも話していたが、おれは聞き流していたよ。いまさら、仕官の望みなどないからな。金さえもらえれば、それで十分だ」

そう言って、野末は口元をゆがめて薄笑いを浮かべた。

「うむ……」

笹子は、金だけでなく仕官もちらつかせて野末と榎本を仲間に引き入れたらしい。

そこまで野末から話を訊くと、源九郎は戸口近くにいる富永のところへ足を運んだ。それ以上、野末から訊くことはなかったのである。

源九郎が富永を廊下に呼んで霧島の訊問の様子を訊くと、野末とのかかわりは認めたが、笹子や小出とのつながりは、いっさい認めないという。

「野末はすべて吐いたよ」

そう言って、源九郎は野末から聞き出したことをかいつまんで話した。

「霧島の訊問は、焦《あせ》らず時間をかけてやったらどうだ。野末が吐いたことを知れば、霧島も口を割ろう」

「そうするか」

「ならば、夜のうちに、ふたりを長屋へ連れていこう」

源九郎たちは、野末と霧島を捕らえた後、ひとまずはぐれ長屋の佐々木が住んでいた家に監禁しておくことにしていた。松浦藩の屋敷では、すぐに笹子や小出の知るところとなり、どんな手を打ってくるか知れなかったからである。

源九郎たちは、野末と霧島を連れてはぐれ長屋にむかった。

翌日、富永と小山があらためてはぐれ長屋に姿を見せた。野末は菅井の家に移し、富永、小山、源九郎の三人で、ふたたび霧島を訊問した。

当初、霧島は口をひらかなかったが、源九郎が野末がすべて話したことを口にすると、霧島も観念したらしく、笹子の指図で杉山や松井を襲い、さらに一柳の命を狙ったことも白状した。

また、霧島は笹子が小出の指示で動いていることも認め、一党の連絡には使役の杉田と真鍋があたっていたことも話した。

霧島の訊問が終わった後、富永は、

「これから藩邸に帰って、ご家老と堂本さまにお伝えする。すぐに、小出や笹子を捕らえることになるだろう」

そう言い残し、小山とともに愛宕下の上屋敷へもどった。

六

「菅井、どうだ。将棋でもやらんか」

源九郎が、菅井に声をかけた。

はぐれ長屋の佐々木の家だった。野末と霧島は後ろ手に縛られ、座敷の隅の柱にくくりつけられていた。源九郎と菅井は、ふたりの見張りをかねてその場にいたのである。

富永は、明朝にもふたりを引き取りに来るので、それまで長屋で監禁しておいて欲しいと言って長屋を出たのだ。

すでに、源九郎と菅井が、ここで鼻を突き合わせて、野末たちの見張りを始めて一刻（二時間）以上経つ。

ふたりとも、昼めしは食っていた。お熊が気を利かせて、ふたり分の握りめしを運んでくれたのだ。

「将棋か……」

菅井が気乗りのしない声で言った。

「どうしたのだ、おまえ、腹でも痛いのか」

源九郎は、驚いて訊いた。将棋に目のない菅井に、やる気がないのだ。

「腹など、痛くない」

菅井が不機嫌そうな顔をした。

「いったい、どうしたのだ。まさか、気が触れたのではあるまいな」

「気など触れるか。……華町、おまえこそおかしいぞ。ここは、佐々木の家だ。何とも思わないのか」

「むむ……」

源九郎は菅井に顔をむけた。咄嗟に、菅井が何を言いたいのか分からなかったのである。

「ここに佐々木がいたと思うとな、いくらおれでも、将棋を楽しむ気にはなれん」

菅井が眉宇《びう》を寄せて悲しげな顔をした。菅井は般若のような凄みのある顔に反して、心根はやさしいのだ。

「まァ、そうだが……」

「それに、まだ、笹子が残っているではないか。笹子を斬らぬうちは、将棋を指す気にもなれんよ」

菅井が力のない声で言った。

「菅井がそう言うなら、将棋はやめよう。……それでは、すこし横になって寝るか。何もすることがないからな」

そう言って、源九郎が座敷に横になった。

しばらくして、菅井が、

「おい、華町、おまえがやりたいなら、将棋の相手をしてやってもいいぞ」

と、小声で言った。

「やめておこう。やる気のない相手と将棋を指してもつまらん」

源九郎は身を起こさなかった。

「そうか。華町も将棋を指す気にはなれんか」

菅井も横になった。

仰向けに寝転がり、ぼんやりと天井に目をやっている。

それから一刻ほど過ぎただろうか。家のなかに淡い夕闇が忍び寄ってきたころ、戸口に走り寄る足音がした。ふたり。だいぶ急いでいるようだ。

腰高障子があいて、姿を見せたのは富永と小山だった。ふたりの顔がこわばっている。

源九郎はすぐに身を起こし、

「どうした」

と、訊いた。何か異変が起こったと察知したのである。

「こ、小出たちが、姿を消したのだ」

富永が、声をつまらせて言った。

「なに！　姿を消したただと」

菅井も驚いたような顔をして身を起こした。

「そうだ、藩邸に小出と笹子の姿がないのだ。四ツ（午前十時）ごろ、ふたりが藩邸を出ていく姿を見た者がいるので、おそらく、そのとき……」

富永が言うと、つづいて小山が、

「小出たちは野末や霧島が捕らえられたのを知り、自分たちが捕らえられる前に藩邸を出たのかもしれん」

　と、言い添えた。

「笹子も姿を消したのか」

　菅井が念を押すように訊いた。菅井の胸の内には、笹子を江戸から逃すと、佐々木の敵が討てなくなるとの思いがあるのだろう。

「そうだ。小出、笹子、茂木、それに真鍋、八代、杉田も姿を消した」

「六人か。……それだけの人数で逃走して、どうしようというのだ。行き先があるのか。浪々の身となってもかまわんというわけではあるまい」

　出奔《しゅっぽん》して禄を失えば、生きてはいけない、と源九郎は思った。

「国許に帰るつもりかもしれない」

　富永が言った。

「陸奥へか」

「そうだ、小出はひそかに国許に帰り、殿に直訴するつもりではないかな。あらぬことを捏造《ねつぞう》し、ご家老の悪政を訴えるつもりかもしれん。小出は、何とかご家老を諌《いさ》めようとしたが、ご家老は市井の牢人に金を渡して自分の命を狙ってきた。それで、やむなく国許に帰ってきた、とでも言い繕うのかもしれん」

そう言って、富永がけわしい顔をした。

「己の悪行を、そっくり一柳さまのせいにするつもりか!」

菅井が怒りの声を上げた。

「小出なら、やりかねん」

「小出たちが国許にむかったと思うなら、街道筋をかためたらどうだ」

陸奥国に行くには日本橋から千住宿《せんじゅじゅく》を経て宇都宮を通り、さらに奥州街道を北に向かうはずである。

「われらもそう読み、浅草御門と千住大橋に藩士を派遣した」

「ならば、小出たちを押さえることができるな」

浅草御門はともかく千住大橋は奥州街道の咽喉《いんこう》と呼ばれ、橋を渡らなければ、かなり遠まわりになる。

「富永どの、笹子の行方が分かったら、すぐに知らせてくれ。笹子だけは、おれの手で斬りたいのだ」

菅井が目をひからせて言った。

佐々木が斬られたとき、野末、霧島、末松、笹子の四人に襲われたのだが、菅井はまだひとりも斬っていなかった。佐々木を直接手にかけた末松は口封じのために仲間の者に殺され、野末と霧島は口上書をとるために斬らずに捕らえた。残るのは、笹子ひとりである。菅井にすれば、笹子を斬らないと佐々木の敵を討った気持ちになれないのだろう。

「承知した」

富永がけわしい顔で言った。

第六章　居合斬り

一

「まだ、知れんのか」

菅井が苛立《いらだ》ったような声で言った。

はぐれ長屋の源九郎の家だった。今日は朝から菅井が将棋盤とにぎり飯を持って、源九郎の家にあらわれた。

にぎり飯を食った後、ふたりは将棋盤を前にして座り、駒を並べ始めたのだが気が乗らず、途中でやめてしまったのだ。

小出や笹子たちが、愛宕下の松浦藩上屋敷から姿を消して四日経っていた。この間、富永をはじめとする松浦藩の目付筋、それに杉田、真鍋の顔を知っている使役などが、浅草御門と千住大橋のたもとで、目をひからせていたが、まだ、小出たちの行方はつかめなかった。

松浦藩の家臣だけではない。源九郎も、茂次、孫六、三太郎の三人に頼んで、千住大橋にむかうおりに通る浅草鳥越町《とりごえちょう》の日光街道沿いで見張ってもらった。だが、茂次たちも、小出たちと思われる一行を目にしなかった。

「妙だな」

源九郎は首をひねった。四日前に愛宕下の屋敷を出て陸奥にむかったとすれば、その日のうちに千住大橋を渡っているはずである。

旅支度のために江戸市中の宿屋に泊まったとしても、四日も宿屋にとどまるとは考えられない。

「笹子たちは、江戸を出てしまったのではないのか」

菅井が憮然《ぶぜん》とした顔で言った。

「江戸を出たとは思えんが」

昨日、小山がはぐれ長屋に姿を見せ、念のために千住宿、その先の草加宿《そうかじゅく》まで藩士を派遣して探ったが、小出たち一行を目撃した者はいなかったと知らせた。

「では、どこにいるのだ」

「わしにも分からんが……。小出や笹子たちは、陸奥に向かう街道筋は松浦藩の者たちが見張っていると読んだのかもしれんぞ。それに、小出たちは急いで藩邸を出たはずだ。旅支度はできなかっただろうし、路銀のこともある」

「うむ……」

菅井が源九郎に目をむけた。

「とすれば、小出たちはしばらく江戸にとどまり、藩邸の動きをみているかもしれん」

「そうだな」

「小出たちは、江戸市中のどこかに身をひそめているとみて、潜伏先を探ってみたらどうであろうな」

源九郎が小声で言った。確信はなかったのである。

「華町、どこか当てがあるのか。江戸はひろいからな。闇雲に探したのでは、みつかるわけがない」

「まず考えられるのは、小出や笹子に与《くみ》していた藩士の町宿だな。それに、廻船問屋の相模屋だ。……急遽《きゅうきょ》、藩邸を出た小出たちが、相模屋を頼ったことは十分考えられる」

「そうだな」

「ともかく、富永どのにも話して、街道筋の見張りだけでなく小出たちが市中に潜伏していることも頭に入れて、探してみようではないか」

源九郎が言った。

「おれたちは、相模屋を当たってみるか」

「そうしよう」

源九郎は、陽が沈むころ富永の許に足を運び、わしの憶測だが、と前置きし、小出たちは江戸市中に潜伏している可能性があることを話した。

「それがしも、小出たちが江戸市中のどこかに身をひそめているような気がする」

富永は、堂本さまにお伝えし、江戸市中を探ってみよう、と言い添えた。

「わしらは、相模屋を探ってみるつもりだ」

源九郎が言った。

「われらは、町宿と藩邸に出入りしている商人《あきんど》に当たってみる」

藩邸には様々な御用商人が出入りし、用人と懇意にしている者もいるという。

「街道筋の見張りはどうするな」

「小出たちの居所が知れるまでは、街道筋の見張りもつづけるつもりだ。どこかに身をひそめていたとしても、いつ、江戸を発つか分からないからな」

「それがいい」

源九郎も、見張りをすべてやめるのは早いと思った。


その夜、源九郎の家に、菅井、茂次、孫六、三太郎の四人が姿を見せた。菅井に長屋をまわってもらい、集まってもらったのだ。

「まァ、一杯やりながら聞いてくれ」

源九郎は、貧乏徳利の酒と湯飲みを用意した。

「へへへッ……。ありがてえ」

とたんに、孫六が目尻を下げて湯飲みを手にした。

「みんなもやってくれ」

源九郎は、貧乏徳利の酒を孫六の湯飲みについでやった。

いっとき、五人で酒をつぎあって飲んだ後、

「街道筋の見張りをやめてな、廻船問屋の相模屋を探ってみようと思うのだ」

そう切り出して、源九郎は菅井や富永と話したことを茂次たち三人にも伝え

た。

「行徳河岸《ぎょうとくがし》にある相模屋ですかい」

茂次が念を押すように訊《き》いた。

「そうだ。今度は、わしと菅井も行くつもりだ」

源九郎は、茂次たち三人だけにまかせて、長屋にとどまっているわけにはいかないと思った。

「華町の旦那、あっしと行きやすか」

孫六が、湯飲みを手にしたまま訊いた。源九郎は探索に出かけるとき、孫六といっしょのことが多かった。年寄り同士で、なんとなく気があったのである。

「そうしよう」

源九郎が承知すると、

「おれはひとりでいく」

と、菅井が言った。

「それなら、おれと三太郎だ」

茂次がつづいた。三太郎はいつものように、目尻を下げてちいさくうなずいただけである。

その夜、源九郎たちは酒をつぎあって遅くまで飲んだ。はぐれ長屋の仲間たちが集まって飲むのは久し振りだったし、独り暮らしの源九郎の家だと遠慮なく飲めたのである。

最後まで残ったのは、茂次と孫六だった。

「おい、帰るぞ」

そう言って、孫六が茂次の肩に腕をまわして立ち上がったのは、四ツ（午後十時）過ぎだった。さすがに、孫六と茂次も腰がふらついている。

ふたりは肩を組み、ふらつきながら長屋の泥溝板《どぶいた》を踏んで帰っていく。

二

源九郎と孫六ははぐれ長屋を出ると、大川端にむかった。大川沿いの道を深川へむかい、新大橋を渡って日本橋へ出るつもりだった。日本橋へ出れば、行徳河岸まですぐである。

源九郎は羽織袴姿で二刀を帯びていた。小出や笹子のことを訊くには、牢人と思われるより、藩士か御家人に見られた方が都合がいいと思ったのである。

「孫六、酔いは覚めたか」

大川端を歩きながら源九郎が訊いた。

「旦那、あっしは酒に強《つえ》えんですぜ。あのくれえな酒で、酔うわけがねえ」

孫六は顎を突き出すようにして言ったが、息が酒臭いし、顔色も冴えなかった。

「まァ、しばらく歩けば、酒気も抜けるだろう」

そんなやり取りをしながら、ふたりは新大橋を渡って日本橋に出た。

大川端沿いの道をたどり、浜町堀にかかる川口橋を渡っていっとき歩くと、右手に土蔵造りの大店《おおだな》や船荷をしまう倉庫などがつづく河岸が見えてきた。廻船問屋や米問屋などが多いようである。

「華町の旦那、行徳河岸ですぜ」

孫六が大店のつづく通りを指差して言った。

河岸通りは、賑わっていた。印半纏《しるしばんてん》を羽織った船頭、奉公人、船荷を大八車で運ぶ半裸の男などが、目についた。

「あれが、相模屋ですぜ」

孫六が路傍に足をとめ、斜向《はす》かいの土蔵造りの二階建ての大店を指差して言った。脇に船荷をしまう倉庫が二棟あり、裏手には土蔵もあった。盛っている店らしく、船頭や奉公人などが頻繁に出入りしている。

「店に入って、話を訊くわけにもいかんな」

相模屋と何のかかわりもない源九郎が、店に入って松浦藩の家臣のことを訊くことはできなかった。

「旦那、船頭でもつかまえて訊いてみやすか。相模屋に出入りしてる船頭なら、店のことをよく知ってるはずですぜ」

孫六が言った。

「相模屋に出入りしている船頭かどうか分かるのか」

「店の近くの桟橋にいる船頭に訊きゃァ、分かるはずだ」

そう言って、孫六が河岸沿いに目をやった。

「あそこに、桟橋がありやす」

孫六が指差した先に目をやると、相模屋から半町ほど先に桟橋があった。ちょうど、米俵を積んだ艀《はしけ》が着いたところで、船頭や荷揚げ人足などが艀から米俵を下ろしていた。

「相模屋に出入りしている船頭もいるはずですぜ」

「訊いてみるか」

「そうしやしょう」

源九郎と孫六は、桟橋に足を運んだ。

桟橋には、船頭や荷揚げ人足などが十人ほどいた。艀から米俵を下ろし、さらに岸際まで運び上げて大八車に積んでいる。大八車で店まで運ぶのだろう。

「話の訊けそうな者はいないかな」

いそがしく立ち働いている男たちに訊くわけにはいかなかった。

「旦那、あいつは、どうです」

孫六が、桟橋につづく石段の隅に腰を下ろして莨《たばこ》を吸っている船頭らしき男を指差した。桟橋にいる者たちとは別の店に雇われている船頭であろう。

「あの男がいいな」

五十がらみと思われる丸顔の男だった。陽に灼《や》けた赤銅色《しゃくどういろ》の肌をしている。

源九郎と孫六は男に近付いた。

「つかぬことを訊くが、この近くで働いている者かな」

源九郎が声をかけた。

孫六は小者のような顔をして源九郎の脇に立っている。

「へえ、あっしは松島屋《まつしまや》の船頭の茂平《もへい》で……」

男の顔に、不安そうな表情が浮いた。手にした煙管の吸い口が、口の前でとまっている。雁首から立ち上った白煙が、風に乱れて散っていく。

「松島屋というと、相模屋の隣の店ではないのか」

源九郎は相模屋の前を通ったとき、隣の店の看板を見ていたのである。米問屋らしかった。

「そうでさァ」

「実はな、わしは相模屋のことで、ちと訊きたいことがあるのだ」

源九郎が声をひそめて言った。

「茂平は、相模屋が松浦藩の蔵元をしていることを知っているかな」

「知っていやすよ」

そう言うと、茂平は手にした煙管の雁首を石段の角でたたいた。吸い殻が白煙を上げながら風に転がり、四散して消えた。

「わしの知り合いの松浦藩の家臣がな、どういうわけか知らぬが、ちかごろ相模屋で寝泊まりしていると聞いたのだ。それで、会いにきたのだが、知っているかな」

「……知らねえなァ」

茂平は首をひねった。

「五、六人、相模屋に寝泊まりしていると訊いたのだがな。相模屋にはいないのか」

「いませんよ。……あっしは、見たことも聞いたこともねえ。それに、お侍が五、六人もいりゃァ、すぐに分かりやすぜ」

「そうだな」

源九郎も、茂平の言うとおりだろうと思った。

「だが、松浦藩の者が相模屋に来ることはあるはずだぞ」

さらに、源九郎が訊いた。

「ありやすよ。あっしも、目にしたことが何度もありまさァ。……でも、店に寝泊まりするようなことはねえ」

茂平が、はっきりと言った。

「そうか」

どうやら、相模屋で寝泊まりしているのではないようだ。

「ところで、茂平。相模屋ほどの大店になれば、ここの店の他にも暖簾《のれん》分けした店や家作などがあるのではないか」

なにも、相模屋の店だけにかぎったことではないのだ。むしろ、相模屋のもっている家作や隠居所、寮などの方が隠れ家には適しているだろう。

「ありやすよ。暖簾分けした店のことは聞いてねえが、借家と隠居所があるはずでさァ」

「どこにあるか、知っているかな」

「そこまでは、分からねえ」

茂平の顔に不審そうな色が浮いた。源九郎の問いが、町方の聞き込みのようだったからであろう。

「手間をとらせたな」

源九郎はそう言って、石段を上がった。これ以上、茂平から話を訊いても無駄だと思ったのだ。

「相模屋の世話で隠れているなら、店じゃァねえ。借家か、隠居所だな」

孫六が歩きながらつぶやいた。番場町の親分と呼ばれたころの物言いである。気分だけでも、そのころの孫六にもどっているのかもしれない。

「わしも、そうみるな」

身を隠すなら人目につかない場所だろう、と源九郎も思った。

それから、源九郎と孫六は、相模屋に出入りする船頭や近所の住人などから話を訊いたが、小出たちがどこに身を隠しているか分からなかった。ただ、隠居所の様子は知れた。隠居所は、浅草今戸町《いまどちょう》の大川端にあり、先代の吉右衛門《きちえもん》が隠居して住んでいるそうである。

その夜、源九郎の家に、菅井、孫六、茂次、三太郎の四人が顔をだした。相模屋のことで、探ったことを知らせ合うためである。

小出たちの隠れ家は、だれもつかんでいなかった。源九郎たちが聞き出したことの他に進展があったとすれば、茂次と三太郎が今戸町まで足を伸ばして、隠居所を探ってきたことだけである。

「隠居所に、小出たちはいませんぜ」

茂次と三太郎が話したことによると、隠居所には吉右衛門の他に下働きの男と身のまわりの世話をする下女がいただけだという。

「近所でも訊いてみやしたが、隠居所で侍の姿を見かけたことはないそうでさァ」

茂次が言い添えた。

「となると、借家か」

小出たちが相模屋の手で匿《かくま》われているとすれば、相模屋の持っている借家であろう、と源九郎は踏んだ。

「おれも、借家のことを耳にしてな。……小網町《こあみちょう》に、相模屋の倉庫を造った大工の棟梁《とうりょう》がいると聞いて行ってみたのだ。大工なら、借家のことも知っているとみてな」

菅井が言った。

「いい目の付けどころだ。それで、何か知れたのか」

「いや、小出たちのことは分からん。知れたのは、相模屋の借家は日本橋冨沢《とみざわ》町《ちょう》と深川熊《くま》井町《いちょう》にあることだけだ」

「冨沢町と熊井町か。……よし、明日、二手に分かれて冨沢町と熊井町の借家をあたってみよう」

源九郎が男たちに視線をむけて言った。

「それがいいな」

すぐに、菅井が承知した。

源九郎と孫六が熊井町に、菅井、茂次、三太郎の三人が、冨沢町に行くことになった。

「今夜は、酒はないぞ。明日にそなえて早く寝てくれ」

源九郎が孫六に目をやりながら言うと、

「ヘッへへ……。酒は始末がついた後のお楽しみで」

孫六が、首をすくめてつぶやいた。

三

大川の流れの先に、江戸湊《みなと》の海原がひろがっていた。青い海原が水平線の彼方で青空と溶け合い、青一色に染まっている。大型廻船が、風にふくらませた白い帆で青い海原を切り裂きながら品川沖へ航行していく。

源九郎と孫六は、深川相川町《あいかわちょう》の大川端を歩いていた。相川町の先が熊井町である。ふたりは、熊井町にある相模屋の借家を探りにきたのだ。

八ッ（午後二時）ごろだった。陽射しは強かったが、大川の川面を渡ってきた風が心地好《よ》かった。

通り沿いには、店屋が並んでいた。賑やかというほどではないが、絶え間なく人が行き交っている。

相川町を過ぎ熊井町に入っていっとき歩くと、通りの人影がすくなくなってきた。通り沿いの店屋も小店が多くなり、空き地や笹藪などが目につくようになってきた。

「旦那、ここらで訊いてみやすか」

孫六が言った。

「そうだな」

見ただけでは、相模屋の借家かどうか分からない。近所の者に訊いてみるしか手はないだろう。

「あっしが、あの八百屋で訊いてきやすよ」

そう言い残し、孫六が通り沿いにあった八百屋に立ち寄って親爺に話を訊いてもどってきた。

「この辺りに、借家はねえそうで」

「もうすこし行ってみるか」

源九郎たちは川下にむかって歩いた。

通りはしだいに寂しくなってきた。店屋はすくなくなり、空き地や雑木林、海岸近くの松林などが目立つようになってきた。

「あそこに米屋がありやす。訊いてきやしょう」

孫六は通り沿いの春米屋《つきごめや》に入った。

唐臼《からうす》の脇に親爺がいる。その親爺に、孫六はなにやら訊いていたが、待つまでもなくもどってきた。

「この先の雑木林のなかに、借家があるそうです」

孫六が言った。

「それで、家主は相模屋なのか」

「家主はだれか、知らねえそうで」

「林のなかにな」

源九郎は、林のなかに借家は造らないだろうと思った。

「そこで、妾《めかけ》をかこっていたようでさァ。ところが、五年ほど前に妾が死んじまって、空き家になっていたらしいんで。……それで、借家にしたそうでさァ」

「いま、だれか住んでいるのか」

源九郎が訊いた。

「ちかごろ、だれか住んでるらしい、と親爺が言ってやした」

「住んでいるのは武士か」

源九郎は、小出たちかもしれないと思った。

「親爺は、だれが住んでいるのか知らねえようでさァ」

「覗いてみるか」

「この先の通り沿いの右手に、松林がありやしてね。借家はそのなかだそうで」

源九郎と孫六は、右手に目をやりながら歩いた。

「旦那、松林がありやす」

孫六が通りの右手を指差した。

松の疎林があった。その松林の先に、江戸湊の青い海原がひろがっていた。景観のいい海岸沿いである。

「家があるな」

松林のなかに、板塀をめぐらせた家があった。いかにも、富商の妾宅《しょうたく》といった感じの建物である。景観がよく、人目のすくない地を選んで建てたのであろう。

通りから松林のなかにつづく小径があった。

「行ってみよう」

源九郎と孫六は、小径沿いに群生している芒《すすき》や荻《おぎ》の陰に身を隠すようにして林のなかへ入った。

源九郎たちは板塀に身を寄せ、足音を立てないように家の脇に近付いた。

……だれかいる！

家のなかから話し声が聞こえた。くぐもったような男の声である。

武士のようだ。話の内容までは聞き取れなかったが、武家言葉であることは分かった。

「孫六、表へまわってみよう」

源九郎が孫六に小声で言った。

源九郎たちは足音を忍ばせ、板塀沿いに歩いて母屋の表へむかった。庭があった。その先に、青い海原がひろがり、横に伸びた無数の波頭が白い縞《しま》模様を刻んでいる。

「旦那、縁先にだれかいやす」

孫六が声を殺して言った。

板塀の節穴から覗くと、庭に面して縁側があった。縁先にふたりの男が立っていた。ひとりは、真剣を振っている。

キラッ、キラッ、と刀身が陽を反射《はね》てひかった。素振りをしているようだ。

……茂木ではないか！

真剣で素振りをしている男の顔に、見覚えがあった。茂木彦九郎である。

「ここだぞ、小出たちの隠れ家は！」

源九郎が孫六の耳元で言った。


その日、源九郎は自分の家に菅井たちを集め、小出たちの隠れ家をつきとめたことを話した。

源九郎が一通り話し終えると、

「それで、笹子はいたのか」

と、菅井が訊いた。笹子のことが気になっていたのだろう。

「まちがいなくいるはずだ。茂木と小出がいることは、分かったからな」

源九郎と孫六は、しばらく板塀の陰で話し声を訊き、なかにいたひとりが、小出さま、と呼んだのを耳にしていた。それに、聞こえてきた男たちの声や物音からみて、すくなくとも数人はいるようだった。松浦藩の上屋敷を出た小出たちが、熊井町の借家に身をひそめているとみていいだろう。

「よし、明日にも仕掛けよう」

菅井が目をひからせて言った。

「その前に、富永どのたちに知らせねばな。ここにいる五人だけで、踏み込んだら返り討ちだぞ」

笹子は手練《てだれ》だし、茂木も遣い手である。他の三人の腕のほどは分からないが、遣い手とみておいた方がいい。

「島田にも話しておこう。なにしろ、殺された杉山と松井は島田道場の門弟だからな」

菅井が言った。

四

源九郎と孫六が、小出たちの隠れ家をつかんだ三日後の午後、源九郎、菅井、島田の三人は熊井町に足をむけた。島田に話すと、門弟たちの無念を晴らすために、わたしも行きます、と強い口調で言った。それで、島田も同行したのである。

源九郎たち三人は、これから隠れ家に踏み込んで小出たちを討つつもりだった。堂本は小出たちを生きたまま捕らえたいような口振りだったが、まちがいなく斬り合いになる。そうなると、笹子や茂木の捕縛はむずかしいだろう。

大川端を川下にむかって歩きながら、

「小出たちは、隠れ家にいるだろうな」

菅井が訊いた。まだ、笹子がいるかどうか気になっているようだ。

「いるはずだ。何かあれば、孫六たちが知らせに来ている」

孫六、茂次、三太郎の三人は、小出たちの隠れ家を見張るために早朝から熊井町に出かけていたのだ。

そんなやり取りをしながら、源九郎たちは永代橋のたもとまで来た。

「ここで、堂本どのたちが待っているはずだが……」

源九郎は橋のたもとを見渡した。堂本たちと相談したおり、永代橋のたもとで待ち合わせることにしたのだ。

橋のたもとは人出が多く、賑わっていた。様々な身分の老若男女が行き交っている。

「あそこに」

島田が川岸沿いを指差した。

岸辺に植えられた柳の陰に、堂本たちがいた。総勢七人である。富永と小山の姿もあった。堂本は羽織袴姿だったが、富永や小山は、小袖にたっつけ袴姿で二刀を帯びていた。すぐに闘える支度をしてきたのだろう。

「御足労をかける」

堂本が、源九郎たち三人に目をやって言った。

「まいりましょうか」

源九郎が先に立った。この場に集まったなかで源九郎だけが、隠れ家のある場所を知っていたのだ。

熊井町に入り、右手の先に隠れ家のある松林が見えてきたとき、路傍の漁具でもしまってあるらしい茅屋《ぼうおく》の陰から、茂次が姿をあらわした。この場で、源九郎たちが来るのを待っていたらしい。

「茂次、変わりないか」

すぐに、源九郎が訊いた。

「へい、相模屋の奉公人らしい男がふたり来やしたが、帰《けえ》りやした。他に、家から出た者はいません」

茂次によると、風呂敷包みを背負った商家の奉公人らしい男がふたり来たが、半刻（一時間）ほどいただけで帰ったそうだ。帰りは風呂敷包みを背負っていなかったので、何かとどけに来たのではないかという。

「食べ物と酒かもしれんな」

めしの支度をする下働きの者はいないのだろう、と源九郎は思った。

源九郎は茂次につづいて、松林につづく小径をたどった。菅井や堂本たちが、丈の高い草や灌木《かんぼく》の陰などに身を隠してついてくる。

板塀の陰に、孫六と三太郎がいた。ふたりは、家のなかの様子をうかがっていたようだ。

「どうだ、なかの様子は」

源九郎が小声で訊いた。

「なかに、いやすぜ。あっしがみただけでも、五、六人はいる」

孫六が目をひからせて言った。

「家を出た者はいないようだな」

源九郎は、堂本に顔をむけ、

「お聞きになったとおりです。踏み込みますか」

と、訊いた。堂本の顔をたてて、指示にしたがおうと思ったのである。

「そうだな」

堂本は頭上の空に目をやり、いい頃合だな、とつぶやいた。

陽は西の空にかたむき、松林の葉叢《はむら》の間から、淡い茜色《あかねいろ》の夕陽が射し込んでいた。まだ、昼間の明るさが残っていたが、半刻（一時間）もすれば、陽が沈んで林のなかは夕闇につつまれるだろう。

「裏手からも出入りできるのか」

堂本が訊いた。

「裏手にも切戸《きりど》がありやすぜ」

孫六が、小声で答えた。

「ならば、二手にわかれるか」

堂本は六人の藩士を二手に分けた。裏手からは富永たち三人が侵入し、庭のある家の正面から、堂本と三人の藩士が踏み込むことになった。

源九郎たちも、二手に分かれた。源九郎と菅井が表から、島田が富永たちとともに裏手にまわることになった。

「支度しろ」

堂本が藩士たちに声をかけた。

富永をはじめ六人の藩士が、襷《たすき》で両袖を絞った。たっつけ袴に草鞋《わらじ》履きだったので、それ以上の支度はいらない。

源九郎と菅井は襷をかけ、袴の股だちをとった。

「孫六、富永どのたちを裏手に先導してくれ」

源九郎が孫六に声をかけた。孫六たち三人は小出たちを見張るとともに、家の周辺も探っていたのだ。

「へい」

「茂次と三太郎は表だ」

「承知しやした」

源九郎たちは、その場で二手に分かれた。

茂次と三太郎が先に立ち、板塀沿いを歩いて家の表にむかった。海側で、潮風が吹いてくる。家の正面に、板塀はまわしてなかった。眺望をふさがないためであろう。庭につづいてわずかな松林があり、その先に砂浜と江戸湊の海原がひろがっていた。

源九郎たちは、板塀のない正面から松林を抜けて庭に踏み込んだ。庭木の陰を伝うようにして母屋に近付いていく。

「いるぞ!」

母屋の縁先に人影があった。武士体の男がふたり、縁先に腰を下ろして何やら話している。

「茂木と八代だ！」

堂本の脇にいた小山が小声で言った。

「いくぞ！」

源九郎が抜刀した。

つづいて、小山たち三人が抜きはなった。菅井は、左手で刀の鯉口を切っただけである。

五

ザザザッ、と庭の雑草を踏む音がひびいた。源九郎たちの手にした刀身が夕陽を反射て、赤くひかっている。

源九郎たち八人が庭を疾走し、縁先に迫っていく。先に源九郎や小山たちが五人、堂本、茂次、三太郎の三人は後ろについた。

「敵だ！」

「華町たちだ！　堂本もいる」

縁先にいたふたりの男が叫んだ。その場に立って、刀に手をかけている。逃げる気はないようだ。

バタ、バタ、と縁側に面した障子があき、三人の男が縁側に飛び出してきた。三人とも大刀をひっ提げている。

「姿を見せたのは笹子、杉田、真鍋！」

走りざま、小山が源九郎たちに知らせた。

茂木と八代をくわえて縁側には五人の男がいた。小出の姿はなかった。座敷にいるにちがいない。

「ひるむな！　刀の遣える敵は六人だけだ」

笹子が叫びざま抜刀した。

源九郎と菅井には、笹子の体軀《たいく》に見覚えがあった。中背で、胸が厚く、腰のあたりが太くどっしりとしていた。眉が太く、眼光のするどい武辺者らしい面構《つらがま》えである。

笹子が抜刀したのを見て、四人の男が次々に刀を抜いた。五人の刀身が、にぶい茜色にひかっている。

源九郎たち五人は足をとめ、笹子たち五人と四間ほどの間合をとって対峙した。

五対五。勝負はどちらに転ぶか分からない。

そのとき、堂本が、

「富永、表だ！　表へまわれ」

と、大声で怒鳴った。裏手にまわった富永や島田たちを表に集めようとしたのだ。

笹子たちに動揺がはしった。他にも敵勢がいると、分かったからであろう。すぐに、家の脇に走り寄る足音がひびいた。富永や島田たちが、表にまわってくるようだ。

「ひるむな！　斬れ」

笹子が叫んで、源九郎の前へ踏み込んできた。

これを見た菅井が、

「待て、笹子、きさまの相手は、おれだ！」

と、声を上げて、笹子の前に立ちふさがった。

「居合を遣う菅井だな」

「いかにも、うぬらに斬り殺された佐々木の敵だ！」

菅井は目をつり上げ、口をひらいて歯を剝《む》き出していた。額に垂れた前髪、しやくれた顎、こけた頬などとあいまって、いつもより凄《すさ》まじい形相になっている。

「敵だと」

笹子が怪訝《けげん》な顔をした。

「そうだ、佐々木はおれの弟子だったのだ」

「ならば、師弟ともども冥途《めいど》に送ってやろう」

笹子は八相に構えた。

両肘《りょうひじ》を高くとり、切っ先を後ろにむけ、刀身をやや寝かせている。おそらく、刀身を菅井に見せないことで、間合を読みづらくしているのだ。居合にとって、正確な間積もりが大事であることを知っているのである。

「いくぞ!」

菅井は、右手を刀の柄《つか》に添え、居合腰に沈めて抜刀体勢をとった。

ふたりの間合は、およそ四間。まだ、居合の抜きつけの一刀をはなつ間合からは遠かった。

源九郎たちと茂木たちの闘いも始まっていた。

源九郎たち四人が、茂木たち四人と切っ先をむけ合ったとき、家の脇から島田たちが駆け付けた。裏手にまわった四人である。島田と富永、それに磯貝《いそがい》と川俣《かわまた》という若い藩士だった。

茂木たち四人の顔に、恐怖と怯《おび》えの表情が浮いた。源九郎たちと島田たちに、前後から挟まれる格好になったのである。

「怯《ひる》むな！　ここは、敵を斃《たお》すしかない」

茂木が甲走った声で叫んだ。四人のなかでは、茂木が指図する立場らしい。

「茂木、おぬしの相手は、わしだ」

源九郎が茂木の前にまわり込んだ。

「華町か！」

茂木が源九郎に切っ先をむけた。切っ先が、小刻みに震えている。気が昂《たかぶ》り、体が硬くなっているのだ。

源九郎は八相に構え、スルスルと間合を狭め始めた。どっしりとした大きな構えである。しかも、体がすこしも揺れず、構えがくずれなかった。垂直に立てた刀身が、スーッと茂木に迫っていく。

源九郎は斬撃の間境に踏み込むや否や、
イヤアッ！

と、裂帛《れっぱく》の気合を発し、全身に斬撃の気をはしらせた。気合と気魄《きはく》による威圧である。

刹那《せつな》、茂木の腰が浮き、剣尖《けんせん》が上がった。源九郎の気魄に呑まれたのである。

この一瞬の隙を源九郎がとらえた。

鋭い気合とともに、斬り込んだ。

八相から袈裟《けさ》へ。神速の一撃である。

咄嗟《とっさ》に、茂木は刀身を振り上げて、源九郎の斬撃を受けようとした。だが、一瞬、間に合わなかった。

ザクリ、と肩から胸にかけて着物が裂け、あらわになった肌から血が迸《ほとばし》り出た。

茂木が絶叫を上げてのけ反り、後ろへよろめいた。

茂木は足を踏ん張って体勢をたてなおしたが、刀を構えなかった。血を撒《ま》きながら、つっ立っていた。低い呻《うめ》き声を上げ、顔をゆがめている。

ゆらっ、と体が揺れ、前に二、三歩歩みかけたが、足がとまると腰から沈むように転倒した。

このとき、まだ菅井は笹子と対峙していた。

菅井は居合の抜刀体勢をとり、笹子は八相に構えている。

笹子が、爪先で地面を摺《す》るようにしてジリジリと間合を狭めてきた。

……こやつ、遣い手だ！

と、菅井は察知した。

笹子の全身に気勢が満ち、中背の体が大きくなったように見えた。巨岩が迫ってくるような迫力がある。

菅井はかすかに身震いを覚えた。恐怖である。

だが、菅井は己の全身から強い気をはなつことで恐怖心を払拭した。

ジリッ、ジリッ、と笹子が、居合の抜きつけの間合に迫ってくる。

菅井は気を鎮め、笹子の斬撃の気配と間合を読んでいた。居合は、正確な間積もりと敵の動きを読んだ一瞬の抜きつけに勝負を賭けるのである。

間合が迫るにつれ、ふたりの剣気が高まってきた。息詰まるような緊張と時のとまったような静寂がふたりをつつんでいる。

ふいに、笹子の寄り身がとまった。居合の抜きつけの半歩手前である。

ツッ、と笹子が右足を前に出した。

次の瞬間、笹子の全身に斬撃の気がはしった。

……くる！

と、菅井は頭のどこかで感知した瞬間、抜き付けた。

迅《はや》い！

逆袈裟へ。稲妻のような抜きつけの一刀である。

間髪をいれず、笹子も斬り込んだ。

八相から袈裟へ。迅雷《じんらい》の斬撃である。

逆袈裟と袈裟。ふた筋の閃光《せんこう》がはしった。

笹子の右袖が裂け、菅井の着物が左の肩から胸にかけて切り裂かれた。

次の瞬間、ふたりは背後に跳んで間合をとった。

笹子のあらわになった二の腕から血が迸り出た。菅井の肩先から胸にかけて、血の線がはしり、ふつふつと血が噴いた。

笹子の八相に構えた刀身が、ビクビクと揺れている。二の腕の傷が深く、右腕が震えているのだ。

菅井は脇構えにとっていた。胸から血が流れ出ていたが、構えはくずれていなかった。薄く皮肉を裂かれただけである。

「佐々木の敵を討っ！」

菅井の双眸《そうぼう》が怒りに燃えていた。

笹子の顔に、恐怖の色がよぎった。己の腕の深手と菅井の怒りの形相とで、恐怖を覚えたらしい。

笹子がさらに間合をとろうとして右足を引いた瞬間、腰が浮き、構えがくずれた。この一瞬の隙を菅井がとらえた。

イヤァッ！

裂帛の気合とともに、菅井が脇構えから刀身を横に払った。薙刀《なぎなた》を横に払ったような凄まじい斬撃だった。菅井の怒りの一刀である。

菅井の切っ先が、笹子の脇腹に食い込んで斬り裂いた。腹を両断するような深い傷である。

瞬間、笹子の上体が横にかしいだ。

笹子は刀を取り落とし、上体をかしがせたままよろめいた。斬り裂かれた腹から臓腑が覗いている。

笹子の足がとまり、がっくりと両膝を折ってうずくまった。腹を押さえて、蟇《ひき》の鳴くような低い呻き声を洩《も》らしている。

菅井は笹子の脇に立ち、

「佐々木、敵は討ったぞ」

と、つぶやいた。その顔から、怒りの色が拭いとったように消えていく。

源九郎たちの闘いも終わっていた。

茂木と八代が血まみれになって倒れていた。ふたりは、まだ四肢を動かしていたが、長くはもたないだろう。杉田が、肩を斬られて庭の隅にへたり込んでいた。すでに抵抗する気はないようだ。肩から胸にかけて血に染まっている。こちらも助からないようだ。真鍋は、小山と若い藩士の手で縄をかけられているところだった。

「小出はどうした」

菅井が、源九郎に身を寄せて訊いた。

「座敷にいるようだ。いま、堂本どのと富永が行っている。……藩の屋敷に連れて帰るのではないかな」

源九郎が顔の返り血を手の甲でこすりながら言った。

「華町、終わったな」

そう言って、菅井が遠い江戸湊の海原に目をやった。

いつの間にか陽が沈み、海は淡い夕闇におおわれていた。黒ずんだ海面に白い波が立ち、水平線の彼方まで無数の縞模様を刻んでいる。

六

ビシャ、ビシャ、と雨のなかを歩く音がした。

……おお、来た、来た。

源九郎が胸の内で声を上げた。足音は、菅井のものである。

すぐに、源九郎は竃《へっつい》の前から離れた。火を焚《た》き付けようとしていたのだが、やめたのである。

ガラリ、と腰高障子があいて、菅井が顔を出した。思ったとおり、菅井は将棋盤と飯櫃《めしびつ》を抱えていた。

「菅井、将棋か」

「雨が降れば、これしかないからな」

菅井は下駄を脱いで勝手に座敷に上がった。

「その飯櫃は」

「握りめしだ。めしは炊いてないとみてな」

「いい読みだ。これから、めしを炊こうと思っていたところなのだ」

源九郎は笑みを浮かべて座敷に上がった。

「湯も沸いてないいな」

菅井が火鉢に目をやって言った。

「そうだ。……茶が飲みたいなら、湯を沸かすが」

「いい、いい。……握りめしを食いながら、将棋を指そう」

「それにしても、久し振りだな」

源九郎は将棋盤を前にして膝を折った。

佐々木がはぐれ長屋で暮らすようになってから、菅井は雨の日も源九郎の部屋に姿を見せなかった。佐々木とふたりで、朝めしを食うようになったからだ。

これまで、雨の日は朝から将棋をつき合わされるので、源九郎はうんざりしていたのだが、菅井が姿を見せなくなると、何となく寂しかった。それに、自分で朝めしの支度をしなければならなくなり、菅井の有り難さが身に染みたのである。

佐々木の死後も、菅井は将棋を指しに来なかった。菅井の胸には、何とか佐々木の敵を討ってやりたいという気持ちが強く、将棋どころではなかったのだ。

そして、菅井は、熊井町の借家で佐々木を斬った四人の頭格の笹子を斬り、何とか敵討ちを果たすことができた。笹子を斬ってから五日後の今朝、やっと菅井が将棋盤とにぎり飯を持って源九郎の家に姿を見せたのだ。

……いつもの菅井にもどったようだ。

そう思うと、源九郎は何となく嬉しくなった。

「さァ、やるか」

めずらしく、源九郎の方から声を上げ、駒を並べ始めた。

そのとき、戸口に近付く下駄の音がし、腰高障子があいた。姿を見せたのは、茂次である。

「やってやすね。ちょいと、覗かせてもらいやすよ」

茂次も、勝手に上がってきた。

茂次も暇らしい。研ぎ屋として長屋や路地をまわっている茂次も、雨の日は仕事に出られないのだ。

……茂次まで、来おった。

源九郎は、薄暗く鬱陶《うっとう》しい座敷が急に賑やかになったような気がした。

「茂次も、握りめしを食え」

菅井が飯櫃の蓋《ふた》をとった。

握りめしが六つ、小鉢にうすく切ったたくわんまで入っている。

「ひとつだけ……。あっしは、朝めしを食ってきやしたんでね」

そう言って、茂次は握りめしに手を伸ばした。

源九郎と菅井が将棋を指し始めて小半刻（三十分）ほどしたとき、

「華町の旦那、昨日、富永さまが長屋に見えたそうですね」

茂次が訊いた。

「ああ、小山とふたりでな」

源九郎は将棋盤を見つめながら言った。いまのところ、形勢は互角である。

「何かあったんですかい」

「なに、その後の様子を話しに来たのだ」

富永と小山の話によると、捕らえられた小出は、堂本と一柳の詮議を受け、一柳の命を狙ったことを認めたそうだ。また、島田道場に通う藩士を斬ったのは笹子の意向だったらしいが、小出はそのことも知っていて黙認していたという。

当初、小出は口をとじていて何も話さなかったが、すでに野末や霧島が口を割り、口上書《こうじょうがき》まであると知り、さらに小出といっしょに捕らえられた真鍋までが自白したことを知って、口をひらいたという。

源九郎が将棋を指しながら、富永たちとのやりとりをかいつまんで話すと、

「それで、小出と真鍋たちはどうなります」

と、茂次が訊いた。

「まだ、国許にも知らせてあるまい。どうなるか、分からんが、小出や真鍋たちは腹を切らされるのではないかな」

江戸家老の命を狙って、配下の者に駕籠《かご》を襲わせただけでも切腹はまぬがれない。また、真鍋や霧島は小出の意を受けて動き、駕籠の襲撃や家臣の斬殺に荷担していた。切腹はやむをえないだろう。

「野末はどうなりやす。やつは、家臣じゃァねえ」

「どうなるかな。……切腹か、斬首かもしれん」

無罪放免ということは、ありえない。何人もの家臣を斬殺し、一柳の駕籠も襲っているのだ。

「おい、華町、何をしている、早く指せ」

菅井が苛立ったような声で言った。

源九郎が駒を指先にはさんだまま、茂次との話に気をとられて指さずにいたのだ。

「おお、そうだったな」

源九郎は手にした角を打った。飛車取りである。

「飛車を狙っておるな。……手が見えすいておるぞ」

すぐに、菅井は飛車を動かした。

「華町の旦那、相模屋はこのままですかね。相模屋も悪事に荷担したんだから、何かお咎《とが》めがあってもいいんじゃァねえんですか」

茂次が言った。

「咎めは、あるだろうよ。……もっとも、首を落としたり、牢に入れたりするのはむずかしいがな」

源九郎は、松浦藩として蔵元の関係を断つとか、これまでの借金を棒引きにするとか、何らかの処罰を課すだろう、と思った。

「これで、松浦藩の騒動は終りってことですかい」

茂次がそう言ったとき、

「華町も、終りだな」

と、菅井が声を大きくして言った。

「なに、おれも終りだと」

源九郎が菅井に目をむけた。

「将棋だ、将棋。……この金打ちで、つむ」

菅井がニタリと笑って、金を源九郎の王の脇に打った。

「うむ……」

たしかに、つんでいる。茂次との話に気をとられ、将棋の方がおろそかになっていたせいだ。

「よし、もう一局だ」

源九郎は、すぐに駒を並べ始めた。

「望むところだ」

菅井も、両袖をめくり上げて駒を並べ始めた。

源九郎は勢い込んで駒を並べながら、

……いつもの長屋にもどったな。

と、胸の内でつぶやき、何となく嬉しくなった。

双葉文庫

ど-12-32

はぐれ長屋《ながや》の用心棒《ようじんぼう》

怒《いか》り一閃《いっせん》

2012年4月15日　第1刷発行

【著者】
鳥羽亮《とばりょう》

【発行者】
赤坂了生
【発行所】
株式会社双葉社
〒162-8540 東京都新宿区東五軒町3番28号
［電話］03-5261-4818(営業)　03-5261-4833(編集)
www.futabasha.co.jp
(双葉社の書籍・コミックが買えます)
【印刷所】
慶昌堂印刷株式会社
【製本所】
株式会社若林製本工場

【表紙・扉絵】南伸坊
【フォーマット・デザイン】日下潤一
【フォーマットデジタル印字】飯塚隆士

ISBN978-4-575-66556-7 C0193
Printed in Japan